KB120120

어쩌다, 유럽

어쩌다, 유럽

유럽을 헤매며 마주한 풍경과 사람들

초 판 1쇄 2024년 09월 11일

지은이 박지혜
펴낸이 류종렬

펴낸곳 미다스북스
본부장 임종익
편집장 이다경, 김가영
디자인 윤가희, 임인영
책임진행 안채원, 이예나, 김요섭

등록 2001년 3월 21일 제2001-000040호
주소 서울시 마포구 양화로 133 서교타워 711호
전화 02) 322-7802~3
팩스 02) 6007-1845
블로그 http://blog.naver.com/midasbooks
전자주소 midasbooks@hanmail.net
페이스북 https://www.facebook.com/midasbooks425
인스타그램 https://www.instagram.com/midasbooks

ISBN 979-11-6910-799-0 03810

값 22,000원

어쩌다, 유럽

유럽을 헤매며 마주한 풍경과 사람들

박지혜 지음

미다스북스

떠나기 전, 한국에서는

잠을 거의 자지 못했다. 이도우 작가의 소설을 읽으며 새벽을 음미했다. 그래도 비행기에서 잘 수 없는 사람이었기에 밤을 지새우지는 않았다. 새벽 4시에 눈을 떴으니, 2시간가량 눈을 감은 듯했다. 당연히 잔 것 같지도 않았고 몽롱한 상태였다.

해가 뜨기도 전에 집을 나섰고 5시 20분에 예약해 둔 택시에 탑승했다. 처음부터 거금을 들여야 하는 건 마음에 들지 않았지만 어쩔 수 없는 일이었다. 코로나로 인해 3년이나 늦춰진 여행을 시작하는데도 크게 벅차지는 않았다. 기나긴 유예기간 때문일 수도 있고 단순한 피로 때문일 수도 있다. 이동 중, 친구는 얕은 잠에 빠져들었고 나는 창밖을 바라보았다. 영종도의 바다가 스쳐 지나갔다. 새벽의 연무인 건지 오늘 날씨가 흐린 건지는 판단할 수 없었지만, 사물을 식별할 수 없을 정도로 뿌연 상태였다. 몽롱한 정신과 무념무상에 갇힌 나는 끊임없이 단 하나의 사실만을 떠올렸다.

'지금 우리가 가고 있는 곳은 공항이며 그토록 고대했던 여행이 시작되는 것이라고.'

목차

part 3

프랑스

스치듯 지나간 영화 속 한 장면

part 4

스위스

우리를 압도하는 광활한 자연으로

part 5

체코

누구나 그리워하는 동화의 한 페이지

part 6

오스트리아

예술인이 동경하는 그곳

part 7

헝가리

온통 금빛으로 물드는 황홀함에 취해

part 8

영국

유럽에서 가장 현대적인 나라에는

part 9

폴란드

쇼팽의 도시에 가면 그의 음악을

에필로그

part 1

이탈리아

장미 한 송이에 깃든 낭만

카메라는 직관을 담는다. 강렬한 인상만이 오롯이 찍힌다. 그렇기 때문에 우아함과 은은함이 주는 희미한 추상은 드러내지 못한다. 이후에 다시 사진을 발견한다고 해도 내가 보았던 그대로 마주할 수 없기 때문에 이렇게 여운이 남는 걸지도 모른다.

귀하의 경유 항공편이 연착되었습니다

여행을 떠날 각오가 되어있는 사람만이 자기를 묶고 있는 속박에서 벗어날 수 있다.

헤르만 헤세Hermann Hesse

우리는 독일에서 경유 항공편을 탑승해야 했다. 환승을 위한 시간은 고작 두 시간 남짓이었으므로 바로 게이트로 이동했다. 게이트에 다다랐을 때 우리 눈에 띈 것은 어느 가게의 피자였다. 피자를 만드는 과정을 지나가다가 볼 수 있게 해 두었는데, 규칙적으로 배열된 바싹 구운 도우에 토핑을 올리고 있는 일종의 퍼포먼스였다. 그 유연한 동작에 매료되어 잠시 멈춰 서서 그 움직임을 눈으로 좇았다. 치즈의 고소한 향이 코를 찔렀다. 당장이라도 따뜻한 온기의 피자를 맛보고 싶었다. 하지만 우리는 바로 가야 할 곳이 있었기에 아쉬움을 뒤로하고 게이트로 들어갔다.

게이트로 들어와 기다리는데 출발시간이 지나도, 탑승하라는 안내 없이 잠잠했다. 잠시 멍하니 앉아 있었다. 그러다 전광판 하단에 21시 30분이란 시간이 떠올랐고 빨간 글씨로 딜레이가 표시되었다.

이미 14시간의 비행을 마친 후였고 한 시간만 더 가면 되는 경유 항공편이 연착된 상황이었다. 당연히 불만을 토로해야 하는 상황이었지만 나는 속으로 쾌재를 불렀다. 아직도 내 머릿속엔 아까 본 피자가 아른거리고 있었기 때문이었다.

"피자 먹으러 가자."

언뜻 돌아본 친구의 표정도 그리 나쁘지 않았다. 둘 다 같은 생각을 하고 있었던 것이다.

삶에서도 그렇지만 여행에서 핵심은 상황 자체가 아닌 상황을 대하는 방향성이었다. 일어난 상황은 그 자체로 객관적 사실이다. 하지만 그 상황에 이름표를 달고 평가하는 것은 우리의 감정이었다. 일어난 일은 되돌릴 수 없다. 하지만 우리는 그 이후를 선택할 수 있었다. 항공 지연은 매우 흔한 일이고 그렇게까지 낙담할 사안이 아니었지만 우리는 예상보다 더 낙관적이었다.

그렇게 맛본 피자는 공항에서 파는 음식이라고는 믿기지 않을 만큼 맛있었다. 고소한 치즈의 풍미와 담백하고 쫄깃한 도우까지. 유럽에서의 첫 식사라고 할 수 있던 그 피자는 정말이지 훌륭했다. 만약 피자가 별로였다면, 마치 고무를 씹는듯한 식감에 한입 먹기도 부담스러울 정도로 짠맛이 났다면 달랐을까? 그렇다 해도 에피소드 하나는 건진 셈이니까. 내 머릿속을 아른거릴 그 피자가 무슨 맛인지는 알아낸 셈이니, 괜찮았다.

그래서 팔만 원짜리 조식은 어때요?

인간의 심장에서 희망을 빼앗아라. 그럼 그는 먹이를 찾는 야수가 될 것이다.

위다Quida

장장 15시간의 비행을 마친 다음 날 피렌체에서의 온전한 하루가 시작되었다. 나의 여행엔 반은 자연스럽게, 반은 의도적으로 형성된 습관 같은 관례가 존재했다. 그것은 이동한 다음 날 아침엔 무조건 가이드를 대동한 투어를 진행하는 것이었다. 이동 다음 날 피로로 인해 나태해지는 나를 통제하기 위한 제어장치인 셈이었다. 이번에도 그러한 관례를 충실히 이행하기 위해 전날 미리 미팅 시간과 장소, 숙소에서의 거리까지 고려해 두었다. 제공되는 조식을 빠르게 먹고 나간다면 완벽한 계획이 될 거란 착각을 안고 편안히 잠자리에 들었다.

예정대로 8시에 정갈하게 차려진 음식을 먹고, 조금의 서두름도 없이 입가심으로 커피를 들이켰다. 우드톤의 쟁반 위, 하얗고 반질반질한 그릇에 담긴 부드럽고 매콤한 닭볶음탕과 질서 있게 플레이팅 된 반찬에 팔만 원을 날려버릴 거란 상상은 절대 하지 못한 채 말이다.

아침에 본 피렌체 풍경은 전날 밤의 모습과 확연하게 다른 모습이었다. 출근 시간과 등교 시간이 맞물린 건지 거리에는 빠른 걸음으로 걷는 사람과 통화하는 사람들, 20명 남짓한 아이들을 통솔하는 사람으로 빼곡했다. 게다가 트램이 다니는 유럽은 인도와 차도의 경계가 뚜렷하지 않았고, 신호등의 역할이 미미했다. 사람들은 거리낌 없이 적당한 타이밍에 건넜고, 차들도 나름대로의 센스를 발휘해 멈춰주었다. 투어 미팅 장소인 시뇨리아 광장에 가려면 트램이 아닌 버스를 타야 했다. 하지만 아무리 돌아봐도 버스정류장이 보이지 않았다. 중앙역 근처는 확실했기에 구글 지도를 이리저리 돌려보기도 하고 역 안의 다른 출구로도 나가보았으나 결국 찾지 못했다.

나의 근본적인 문제점은 일어날 수 있는 순조로운 상황을 확실시하고 이상적인 계획을 세운다는 것이었다. 나의 계획엔 우왕좌왕하는 우리와 경계선이 미비한 도로 따위는 존재하지 않았다. 나는 긴박한 상황에서 남들의 몇십 배에 달하는 초조함을 느끼는데 이것이 앞으로의 향방에 전혀 도움이 되지 않는다는 걸 안다. 이제는 애초에 '포기'란 명령어를 입력해 두고 시작한다. 이는 개선이나 최선의 노력을 취하지 않겠다는 의미는 아니다. 그저 실패해도 다른 대안이 있다는 것을 상기시켜 두면 좀 더 차분하고 냉정한 상태에서 문제를 해결할 수 있기 때문이었다.

그렇게 우리는 투어를 놓쳤고, 어느새 비가 내리는 거리에 우두커니 서 있었다. 그때 어디서 타는지 정보를 알 수 없는 버스가 유유히 우리를 지나쳐갔다. 망연자실한 눈으로 버스를 좇다 생각을 전환했다. 지금 당장 필요한 건 친구의 아침식사였다.

두오모 쿠폴라에 미련이 없는 이유

바보는 방황하고 현명한 사람은 여행을 떠난다. 토마스 풀러 Thomas Fuller

피렌체에서 가장 유명한 건축물인 조토의 종탑과 쿠폴라 돔. 그 두 곳 모두 올라가지 않았다. 일정상 포기한 곳이었지만 어쩐지 아쉽지 않았다. 두오모와 쿠폴라를 한 번에 바라볼 수 있는 공간을 찾아냈기 때문이었다. 그곳은 바로 뷰 온 아트view on art였다.

두오모를 볼 수 있는 카페는 생각보다 많았지만 이곳만큼 가깝고 확실하게 존재감을 드러내는 곳은 없었다. 첫날에 투어를 놓치고 가장 먼저 달려간 곳이었다. 쿠폴라가 있는 거리의 골목으로 들어가면 쉽게 입구를 찾을 수 있다.

"뷰 온 아트 가는 거야?"
"응."

작게 마련된 리셉션에서 질문이 날아왔다. 고개를 끄덕이자마자 어느 방향을 향해 손짓했다.

엘리베이터를 타고 별다른 수고 없이 우리가 기대했던 공간에 도착할 수 있었다. 우리는 실내 공간을 지나쳐 바로 테라스로 나갔다. 쿠폴라와 두오모가 사진보다 더 가까운 곳에 있었다. 믿기지 않아 잠시 숨을 참아야 했다. 사진으로 보는 것보다 훨씬 웅장했으며, 그 두 개의 건축물이 한 프레임에 담기는 것만으로도 이곳이 이탈리아라는 것이 여실히 느껴졌기 때문이었다. 완전히 맑은 하늘은 아니었지만 잠시 구름이 걷히는 순간순간, 빛줄기가 그 공간을 환하게 비췄다. 조토의 종탑과 쿠폴라 돔처럼 몇백 개의 계단을 올라가며 힘들이지 않아도 됐다. 그리고 철장으로 막힌 공간에서의 풍경이 아닌, 탁 트인 전망을 바라볼 수 있다는 점이 가장 큰 장점이었다.

우리는 카페라테 한 잔과 코카콜라를 주문했다. 코카콜라가 병으로 나온다는 것이 감성적이었다. 레몬 슬라이스가 담긴 유리잔에 콜라를 따랐고, 그것을 건축물과 함께 담아 보았다. 환상적인 배경 덕에 감탄을 자아내는 영상이 탄생했다. 우리는 이탈리아에서, 그것도 피렌체에서 가장 들뜰 수밖에 없었다. 긴 비행을 마치고 시작된 여행의 첫 국가, 첫 도시의 첫 관광지였기 때문이었다.

투어를 놓친 자리에는 뷰 온 아트의 훌륭한 전망이 들어왔다. 막 문을 연 시점이었고 이른 시간이라 그 공간엔 우리뿐이었다. 후기에서 봤던 가장 좋은 자리에 앉아 오래도록 두오모와 쿠폴라를 바라봤다. 어쩌면 이탈리아란 나라의 낭만은 로마가 아닌, 피렌체가 생성한 게 아닐까.

TIP

우리처럼 이른 시간에 방문할 것이 아니라면, 예약을 추천한다.

〈뷰 온 아트 테라스에서 바라본 두오모와 쿠폴라〉

미켈란젤로의 조각보다 경이로운 것

목적지에 닿아야 행복해지는 것이 아니라 여행하는 과정에서 행복을 느끼는 것이다. 앤드류 매튜스 Andrew Matthew

늦은 오후가 되자 우중충했던 하늘이 본디의 색을 되찾았고 빼곡한 구름 사이로 투명한 빛이 새어들었다. 저녁은 피렌체의 명물인 티본스테이크를 먹기로 했다. 워낙 유명한 식당이라 예약에는 애매한 시간만이 남아 있었다. 어차피 느긋하게 노을과 야경을 즐기고 싶었기에 이른 저녁을 먹었다. 그곳에 상주하던 한국인 직원은 친절했고 스테이크도 부드럽고 촉촉했다. 만족스러운 첫날 저녁이었다.

피렌체의 노을과 야경을 보러 갈 차례였다. 미켈란젤로 광장*Piazzale Michelangelo*은 피렌체 야경의 메카이며 피렌체 시내를 내려다볼 수 있는 대표 명소였다. 하지만 그 이면의 매력도 존재했는데 그건 바로 광장까지 걸어가는 길이 아닐까. 보통 베키오 다리 쪽 강변을 따라 걷는 코스였지만(이쪽은 사람이 많다) 우리는 골목을 따라 올라갔다. 아주 화창하지는 않지만 은은하게 내리쬐는 볕과 시간만큼 기운 태양의 색을 받아 숲이 주홍빛으로 물드는 모습을 바라봤다. 미리 녹음이라도 해둔 것처럼 일률적으로 들려오는 새소리가 비현실적으로 느껴졌다. 커다란 나무 한 그루가 있는 잔디 위에서 잠시 멈춰 섰다.

"평화롭다."

파노라마 사진이라도 찍는 듯 슬로모션으로 움직이던 친구가 조용히 말했다. 그 말대로였다. 동떨어진 세계 같았다.

오르막길을 좀 더 오르니 장미 정원이 나왔다. 5월 중순이라 그런지 각종 꽃들의 개화 시기가 맞물려 화려한 장식을 이룬 모습을 바라봤다. 형형색색의 꽃들과 그 뒤로 보이는 두오모가 한 프레임에 담기는 구도는 명화 그 자체였다. 다섯 걸음 내딛고 감상하고 또, 다섯 걸음 내딛고 사진에 담느라 지도상으로 35분 거리였지만 한 시간을 넘기고서야 도착했다. 마음에 들었다. 내게 풍요로운 여행은 단순히 목적지를 도달하려는 목표가 아니라 목적지에 도착하는 여정을 포함하기 때문이었다.

유럽의 여름은 낮이 길다. 일단 일몰이 시작되면 태양의 낙하 속도는 빨라지지만 완전한 암전은 느리게 진행된다. 대개 그 시간은 지루하게 흘러갔다. 하지만 서서히 밤을 알리는 조명이 켜지고 마침내 블루 아워the blue hour 시간대가 되면 그런 기다림이 오히려 황홀함을 증폭시켰음을 깨닫는다. 완전한 암전이 가져오는 풍경도 좋았지만 빛을 완전히 잃기 전의 하늘이 지상의 수많은 조명과 조화를 이루어 더없이 완벽한 야경을 형성했다.

첫날은 짧게 즐기고 내려왔다. 다음날에 또 갈 수 있단 약속은 명시적이고 강력하니까. 하지만 피렌체의 마지막 밤엔 그럴 수 없었다. 시간이 늦어 모두가 떠나버린 언덕에서 아래를 한참이나 내려다보았다. 발걸음이 쉬이 떨어지지 않았다. 그만큼 미켈란젤로 광장에서 내려다보는 피렌체는 황홀했다. 부다페스트 야경처럼 눈이 번쩍 뜨이게 화려하거나 눈이 부시진 않았지만, 직관적인 화려함보다 은은한 우아함이 더 시선을 끌었다. 피렌체의 야경은 단 하나의 유명 건축물이 우뚝 서 있는 것이 아닌, 은은한 빛이 전체를 메우고 있는 그림이었다.

카메라는 직관을 담는다. 강렬한 인상만이 오롯이 찍힌다. 그렇기 때문에 우아함과 은은함이 주는 희미한 추상은 드러내지 못한다. 이후에 다시 사진을 발견한다고 해도 내가 보았던 그대로 마주할 수 없기 때문에 이렇게 여운이 남는 걸지도 모른다.

인체 해부학을 적용한 미켈란젤로의 조각은 신이 내린 예술가의 작품이라 불린다. 그를 기리기 위해 형성된 광장은 조각 이상의 풍경을 선사해 주었다.

〈피렌체 장미 정원에서 바라본 두오모〉

〈미켈란젤로 광장에서 바라본 피렌체 1,2〉

기브 앤 테이크

서로에게 모든 것을 줄 때 평등한 거래가 된다. 각자가 모든 것을 얻게 된다.

로이스 맥마스터 부졸드 Lois McMaster Bujold

피렌체에서의 어느 아침이었다. 우리가 예약한 곳은 한 공간에 여러 사람이 머무는 도미토리였다. 이른 시간인데도 이미 비워진 곳이 눈에 띄었다. 하지만 아직 숙소에 있는 이들도 있었다. 아침이 되어서야 마주친 분들과 간단한 눈인사를 나눴다. 그리고 우리는 나가기 위해 준비를 하기 시작했다.

"어, 다치셨어요?"
"캐리어를 급하게 닫다가요."

어떤 분의 손에서 피가 철철 나기에 놀라서 여쭈었더니, 민망한 듯 웃으며 답하셨다.

"잠시만요. 저희가 연고랑 밴드를 챙겨 와서요."

이미 씌운 커버를 벗긴 다음 캐리어의 지퍼를 열었다. 캐리어 안은 엉망이었다. 덕분에 깊숙한 곳까지 뒤져야 했지만 결국에는 찾아냈다. 내가 허둥대며 찾는 걸 보고는 중간에 '괜찮은데.'라고 중얼거리시기도 했다. 정리 정돈은

안 되어있었지만 누가 보부상 아니랄까 봐 이것저것 챙겨온 의약품들이 많기는 했다. 누군가에게 도움이 될 수 있다는 건 기쁜 일이었고, 이렇게라도 쓰인다면 절대 쓸데없는 일이 아니기도 하니까. 정말로 감사해하는 그분을 보니, 괜히 뿌듯해졌다. 잠시 후, 조식을 먹고 들어오는데 그분이 우리에게 다가왔다.

"저, 감사해서 별거 아니지만 이거라도 드리려고요."

조심스럽게 내밀던 것을 받아들였는데, 다름 아닌 아이 마스크였다.

"감사합니다. 잘 쓸게요."

언젠가부터 주고받는 행위가 부담스러워질 때가 있었다. 주지 않고 받지도 않는다면 고민과 의무가 사라질 테고 그렇게 되면 편안할 테니 말이다. 하지만 무언갈 주고받는 것은 단순히 재화의 가치에만 국한되지 않는다. 누군가를 위한 그 마음과 행위, 그 자체가 큰 의미를 지니고 있다. 받는 것보다 주는 것에 초점을 맞춘다면 돌려줘야 한다는 압박이 아닌, 따스한 온도를 느낄 수 있다. 그 후에 여행하며 아이 마스크를 쓸 때마다 그때 생각이 났다. 아이 마스크의 온도만큼이나 따듯했던 그 짧은 일화가.

한낮의 노천카페

진정한 여행자는 걸어서 다니는 자이며 걸으면서도 자주 앉는다.

시도니 가브리엘 콜레트 Sidonie-Gabrielle Colette

부지런하게 여행하고 싶다면 여름의 유럽이 제격이 아닐까 싶을 정도로 그 시기는 해가 늦게 지고, 빨리 떠오른다. 단순히 '야경 감상'이라는 일정을 행한다고 쳐도 10시가 넘어야 완전히 깜깜해지는 게 보통이다. 그렇게 되면 숙소에 자정에 가까운 시간에 도착하게 된다. 일정을 모두 소화하고 나면 새벽 1시에야 잠자리에 들 수 있는 것이다. 하지만 내가 머무는 숙소의 침대는 두 개의 큰 창이 감싸고 있어 아침이 되면 직사광선을 온전히 받아야만 하는 자리였다. 물론, 그게 아니더라도 조식은 꼭 먹어야 하는 내 철칙을 위배할 수는 없었으니 늦잠은 자는 건 애초에 무리였는지도 몰랐다. 오늘의 일정은 어제 놓친 투어를 다시 도전하는 것이었다. 하지만 하루 종일 돌아다닐 동력을 얻기 위해선 조식을 꼭 먹어야 했기에 오후 투어를 예약했다. 미팅 장소는 14시 시뇨리아 광장*Piazza della Signoria*.

한 번 실패한 사람에겐 절대 실패를 반복하지 않겠다는 결연의 의지가 나타난다. 단순히 경로와 배차, 소요시간을 고려하는 게 아닌 특수한 상황까지 고려하게 된다는 것이다. 비단 나의 공간지각 능력의 한계만이 아닌 대규모 시위와 파업 같은 통제할 수 없는 부분까지 아우른다. 하지만 그날은 보통의 날이었고 덕분에 2시간이나 일찍 도착해버렸다.

유럽의 큰 매력 중 하나는 노천카페가 아닐까. 한국과 달리 거리에 줄지어 있는 노천카페는 여름날의 활기가 느껴졌다. 실내 좌석은 개인 간의 은밀함이 중요했지만 테라스 좌석은 그렇지 않았다. 그곳에 앉는다는 것은 관찰의 대상이 되는 걸 꺼리지 않는다는 뜻이었다. 길거리를 지나다 테라스 테이블에 놓인 위스키, 와인, 식전주, 칵테일, 커피가 보일 때, 혹은 그것을 손에 들고 음미하는 사람들을 바라보고 있노라면 나도 그 대열에 합류하고 싶다는 열망이 강하게 들었다. 아마 시간이 붕 떠버린 지금이 최적의 타이밍이 아니었을까.

그렇게 우리는 시뇨리아 광장이 한눈에 보이는 노천카페에 착석했다. 우리의 여유로움을 대변하듯 전날과는 다른 날씨를 선사해 주었다. 구름 한 점 없는 파란 하늘과 숨어 있을 공간을 찾지 못한 태양의 직사광선까지. 그야말로 눈부신 날이었다.

레드 계열의 땡땡이 식탁보가 씌워진 테이블들이 적당한 간격을 두고 놓여 있었다. 천막이 기울어져 있어 테이블의 3분의 1가량은 햇볕에 노출되어 있었다. 덕분에 그 경계선에 자리를 잡은 우리는 방향에 따라 이따금씩 등이 타는 듯한 뜨거움을 느꼈다. 이미 브런치를 먹고 온 상태라 가볍게 커피만 마셨다. 아이스가 없는 유럽이라 무더운 날에도 날씨만큼의 온기를 가진 커피를 마셔야 했지만 그래서인지 우유 향이 더 진하게 느껴졌고 커피의 쌉싸름한 풍미가 강하게 느껴졌다.

광장에 속한 사람들은 하나같이 여유로워 보였는데 단순히 느긋해 보이는 것이 아닌 행동거지가 자연스러웠다. 조금의 거리낌도 없이 인도 보도블록에 앉아 샌드위치를 먹는 사람, 붐비는 바에 자리가 없어 돌아다니면서 위스키를 홀짝이는 사람, 심지어 노래를 틀고 춤을 추는 사람들까지 위화감 없이 어우러졌다.

〈시뇨리아 광장의 노천카페〉

피자 No! 피사 Yes!

당신은 지체할 수도 있지만 시간은 그러하지 않을 것이다.

벤자민 프랭클린 Benjamin Franklin

피렌체에서 피사로 이동하던 날이었다.

우리는 길을 헤매는 것을 감안해 아주 일찍 숙소를 나섰다. 중앙역까지 왔을 때 너무 일찍 착했다는 걸 깨달았다. 하지만 그때까지 기다리자니 마땅히 앉을 곳이 없는 것은 둘째 치고 사람이 너무 많아서 한자리에 서 있기도 힘들었다. 이전에 숙소 사장께서 추천해 주신 근처 카페에서 커피 한잔하기로 했다. 에스프레소 대회 챔피언이 운영한다는 곳이었다. 그곳은 커피만큼이나 빵도 맛있었다. 그렇게 피사에 가서 먹을 빵도 추가로 구입하곤 여유롭게 역으로 향했다.

혹시 역사 내에서 길 잃는 경험을 해 본 적이 있는가? 그것도 내가 타야 할 플랫폼을 발견 못 한 경험 말이다. 아무리 주위를 둘러봐도 우리 눈에 보이는 건 1번에서 5번까지의 플랫폼이 전부였고 우리가 가야 할 '1A'는 어디에도 보이지 않았다. 마침 지나가는 한국인 분들에게 여쭈어보았다.

"1A 플랫폼이 어딘가요?"

주위를 한 번 둘러본 그들을 고개를 갸웃거렸다. 그렇게 헤매기를 20분. 이미 예약해 둔 열차는 놓친 상태였다. 잠시 멍하니 티켓을 들여다봤다. 우선 안쪽으로 계속 들어가 보았다. 계속 두리번거리고 있으려니 외국인이 우리에게 말을 걸었다.

"너희 피사(pisa) 가?"
"오, 피자(pizza) 좋아."

콩트 같기도 하고, 어쩌면 지어낸 것 같은 일화지만 실제로 벌어진 일이었다. 나에게 유리한 변명을 해보자면 분명 's'가 아닌 'z' 발음이었다는 것이다.

"너 영어 못해?"
"아, 피사? 맞아. 우리 피사 가."

그때 나는 조용히 다짐했다. 한국 가면 영어 회화 공부를 다시 제대로 시작하기로 말이다. 뒤늦게 말을 이어 붙였지만 내 대답에 당황한 듯 뒤돌아 멀어졌다. '1A' 플랫폼은 아주 깊숙한 곳에 있었다. 결국 찾아낸 것이었다. 플랫폼 안에도 티켓 발매기가 있었는데 선예매가 아니어서인지, 플랫폼 안에 있어서 그런지 몰라도 20유로의 페널티가 부과되었다. 상당히 억울한 일이었다. 역사 내에서 플랫폼을 찾지 못해서 이런 상황이 벌어지다니 말이다.

우연히 만난 젤라또

우리는 오늘은 이러고 있지만, 내일은 어떻게 될지 누가 알아요?

월리엄 셰익스피어 William Shakespeare

베니스에서의 첫날이었다. 숙소에 도착하니 벌써 오후 2시를 지나고 있었다. 본격적인 관광은 다음 날 일찍, 투어를 통할 예정이었으므로 본섬만 가볍게 둘러보기로 했다. 베니스는 물의 도시라 불리는 만큼 마을이 수로로 이어져 있었다. 원래 독립된 마을이었다가 현대에 와서야 연결해 주는 다리가 생긴 것이었다.

비가 내려서 그런지 노면이 흠뻑 젖어 짙은 회색이었고 공기가 축축했다. 아주 음울한 분위기가 형성되었다. 우중충한 거리를 별 감흥 없이 바라보며 걷다가 마침내 산 마르코 광장까지 도달했다. 골목이 대부분 베니스 본섬에서 가장 넓은 공간이었지만 '을씨년스럽다.'라는 감상만을 남겨두고 뒤돌아섰다. 광장을 나섰을 때, 어느 잡화점 앞에 걸린 엽서가 눈에 들어왔다. 베니스의 풍경을 담은 엽서였다. 황금빛 노을이 내려앉은 아름다운 베니스의 모습. 과연 내가 떠날 때까지 이 모습을 볼 수 있을지가 의문이었다. 적당히 둘러봤다 싶을 때쯤 숙소로 향하는데 줄을 길게 늘어선 곳이 보였다.

"저긴 뭐지?"

구글 지도로 확인해 보니 '소소(suso)'라는 젤라또 가게였다. 길게 고민을 거치지는 않았다. 첫날엔 일정이 없었고 아직 베니스에서는 젤라또를 먹어보지 않았으니 말이다. '이렇게 줄이 긴 만큼 맛있겠지.'란 기대를 걸고.

젤라또에는 '소소'라고 적힌 동그란 비스킷이 꽂혀 있었다. 내가 고른 것은 망고였다. 이탈리아 젤라또 특유의 쫀득하고 쫄깃한 식감이 일품이었으며 망고의 향이 아주 진했다. 인공적인 단맛이 없는 망고 자체의 단맛이라 아주 깔끔한 맛이었다.

알고 보니 그곳은 베니스에서 가장 유명한 젤라또 가게였다. 아주 우연하게도 찾은 이곳이 있어 흐린 날씨 때문에 음울하던 기운이 사라졌다. 괜히 슬플 때 아이스크림을 먹는 게 아닐지도.

부라노섬에 가야 하는 이유

얼굴이 계속 햇빛을 향하도록 하라. 그러면 당신의 그림자를 볼 수 없다.

헬렌 켈러 Helen Keller

우리가 생각하는 수상 도시 베니스의 모습은 본섬보다는 부라노섬에 가깝지 않을까. 본섬은 베니스의 중심이 되는 섬인지라 흔적이 많이 남아있는 도시다. 항상 물이 고여 있어 변색이 된 벽과 그 주위를 맴도는 크고 시커먼 벌레, 페인트칠이 벗겨진 자국이 가득한 미관상으로 좋지 않은 그런 흔적 말이다. 그래서인지 '베니스'하면 떠오르는 이미지가 생생하게 떠오르지 않았다. 하지만 부라노섬은 방금 막 페인트칠을 한 듯 균일하고 깔끔한 상태였다. 한가운데 수로를 두고, 사이드에는 엇비슷한 높이의 쨍하고 알록달록한 집들이 규칙적으로 서 있었다. 이 조화가 그야말로 베니스의 상징이었다.

그중 엽서에 단골로 등장하는 배경의 구도는 다리 위에서 찍어야 했다. 덕분에 수로를 건너는 용도로 사용되어야 할 다리는 하나의 포토존이 되었다. 지나가려 하던 사람들마저도 본래의 목적을 잊은 듯 그 대열에 합류했고 결국엔 인산인해를 이루었다. 하지만 그 다리만 벗어나면 한적하게 거닐 수 있었다. 구경도 할 만큼 했고 사진도 찍을 만큼 찍었으니 조용히 걸어보기로 했다. 이 세상에서 제일 환한 조명 역할을 해줄 수 있는 태양이 빛났다. 눈길이 닿는 모든 구간이 시릴 만큼 반짝거렸다.

"이런 마당이 있는 집에서 살고 싶어."

친구는 마당이 훤히 들여다보이는 곳을 바라보며 말했다. 그야말로 드림 하우스였다. 문양이 새겨진 신전 같은 공간의 바닥엔 잔디가 깔려있고 하얀 테이블과 의자가 세트로 구비되어 있었다. 모래시계 형태로 된 새하얀 울타리가 일렬로 세워져 있었으며, 곳곳에 놓인 둥근 화단에는 알록달록한 꽃들이 만발해 있었다. 맞다. 이곳은 관광지이기도 했지만 사람이 사는 섬이었고, 마을이었다. 당연히 이 집도 누군가의 거주지일 것이다.

골목을 따라 걷다 보면 어느새 우리가 내린 곳이 눈에 들어온다. 이번에는 꽤 넓은 공간에 잔디가 깔려있었고 그 앞엔 붉은 지붕과 하늘색으로 칠해진 건물이 보였다. 건물 지붕에는 연두색 어닝이 펼쳐진 채였다. 그곳에는 테이블이 꽤 많았는데 이미 만석이었다. 부라노섬의 메인 관광지와 조금 떨어져 있어 의아했지만 앞에서 보이는 풍경을 보고 금방 수긍했다. 평평하게 깔린 초록빛 잔디와 그 너머의 망망대해, 그것으로 충분했다.

〈베니스 부라노섬 1,2〉

수상도시의 일몰

아름다운 자연은 우리의 영혼을 풍요롭게 한다. 자연을 통해 우리는 삶의 기쁨을 발견한다.

윌리엄 워즈워스 William Wordsworth

2박 3일 일정에서 가장 하이라이트가 되는 날은 다른 도시로의 이동이 없는 둘째 날이다. 온전한 하루를 여행에 투자할 수 있다는 장점은 물론이고 아침에 일어났을 때 '오늘은 이곳에 머물러도 돼.'라는 사실이 주는 안식이 좋았다. 전날 과음을 한 탓에 일찍 일어나지는 못했지만 그럼에도 불구하고 리스크가 없는 게 진정한 여유와 평화가 아닐까.

바로 전날은 하루 종일 비가 내렸다. 하지만 오늘은 이보다 더 좋을 수 없을 정도의 최상의 날씨를 선사해 주었다. 파란 하늘과 느리게 흐르는 뭉게구름 덕분에 베니스 특유의 아기자기하고 알록달록한 매력이 돋보였다. 흐린 날에도 나름의 정취와 분위기를 느낄 수 있었지만 맑은 날에는 높은 채도의 영향으로 생동감과 생생함이 살아 있었다. 무엇보다 태양에 반사되어 빛나는 윤슬이 살아있다는 느낌을 주었다. 숙취로 인해 머리가 무거웠다. 완벽한 날씨에 컨디션 난조란 조합은 속상했지만 오히려 앞으로 일어날 일들에 대한 저항감을 낮춰주기도 했다. 어차피 술은 시간이 지날수록 깰 테고 어느 순간 절정을 맞이할 테니까 말이다.

여행에서는 제아무리 철두철미한 사람도 통제할 수 있는 부분이 존재하는데 그건 바로 '날씨'다. 오히려 그렇기 때문에 여행에서는 하루하루를 준비된 상태로 시작해야 하고(일정이 아닌 체력과 컨디션), 때에 따라 임기응변을 발휘해야 한다. '내일은 비가 올 것으로 예상된다.'라는 일기예보를 듣고 마음 편히 늦잠을 자다가도 내리쬐는 햇볕의 기운이 느껴진다면 바로 나갈 채비를 하는 유연함을 필요로 했다.

"나 야경 투어 예약한다?"

갑작스러운 나의 말에 친구는 멍한 표정이었지만 내 가장 큰 장점이 추진력인 만큼 즉시 본섬의 야경 투어를 예약했다. 선명한 노을을 보기에 더없이 좋은 하늘이었기 때문이었다. 숙소에서 쉬다가 나오니 한낮의 빛과 열기는 사그라든 상태였다.

투어 집결 장소는 리알토 다리Rialto Bridge로 베니스에서 가장 유명한 다리 중 하나이자 대운하를 건널 수 있는 유일한 다리였다. 리알토 다리는 더 이상 대운하를 건너는 기능만 수행하는 게 아니었다. 세계 각국의 사람들이 다리 위, 수로를 배경으로 사진을 찍고 전망을 바라보는 하나의 관광지가 되었다.

사진으론 은은한 감성이 담기지 않을 시간대였다. 아니다, 필름 카메라라면 조금이라도 담을 수 있었을지도. 리알토 다리에서 보는 전망에 더해 운하 양옆에 즐비해 있는 카페와 레스토랑들도 볼거리였다. 그곳에는 운하를 바라보면서 커피를 마시거나 식사를 하는 사람들로 가득했다. 분명 여유를 가지고 나왔지만 여기저기 기웃거리다 보니 곧 투어가 시작되었다.

이름은 야경 투어였지만 해가 지기 전, 아늑한 빛이 남아있을 때 시작하는 게 좋았다. 이번 여행에서 가장 좋았던 투어라 해도 과언이 아니었다. 대부분의 투어가 실내였기에 공간적인 한계가 있었고 수신기를 달고 있어야 하는 번거로움이 있었으나 두 요소가 사라진 투어엔 편안하고 여유로움만이 남아 있었다.

수상도시 특성상 베니스에서의 모든 교통수단은 '배'였다. 첫 번째 수상버스를 타고 이동해 베니스에서 유명한 다리 중 또 다른 한 곳인 아카데미아 다리*Ponte dell'Accademia*에 도착했다. 아카데미아 다리를 오르는 계단은 꽤 높았다. 마침내 가장 높은 지점에 도착한 순간, 우리 앞에 펼치진 풍경은 경이로웠다. 낮게 내려앉은 태양 빛에 물든 학교, 궁전, 집. 그리고 대운하. 낮의 본섬은 생활의 흔적이 보이는 도시였으나, 골든 아워의 영향으로 오묘함이 깃들었다. 낡은 조형물에 인공조명만 달아도 아늑함을 연출할 수 있는데 대지의 분위를 좌지우지하는 태양의 역할은 얼마나 어마어마하겠는가.

투어 중에는 두 번의 이동이 포함되어 있었고 우리는 마지막 수상버스에 올랐다. 두 번째 탑승에서는 첫 번째와 다르게 연신 감탄사만 흘렸다. 왜냐하면 세상이 온통 붉게 변하는 시간대였기 때문이었다. 수상버스는 단순한 운송수단 그 이상의 의미를 가졌다. 배 뒤편에는 바깥으로 나갈 수 있는 테라스 같은 공간이 있었다. 그곳에서 바라보는 풍경은 장관이었다. 점점 멀어져 가는 리알토와, 그 도시. 엔진의 진동에 물결치는 주홍빛 바다. 수상버스의 창문은 액자가 되어주었고, 그 안에 오롯이 담긴 태양은 어디서도 눈에 띌 수밖에 없는 지표가 되었다.

"와 진짜 너무, 예쁘다."

태양이 선사하는 황홀함에 취해, 연신 셔터를 누르는 나를 가만히 바라보시던 가이드님이 한마디 하셨다.

"내리면 더 예뻐요, 장담해요."

노을은 순간이지만, 또 순간이 아니었다. 내가 생각하는 일몰은 세 가지 구간을 지난다. 첫 번째는 아카데미아 다리에 올라간 시간대였고 두 번째는 '일몰' 하면 흔히 떠올리는 태양이 지평선에 걸쳐있는 시점이었다. 사실상 이 시간대가 절정이었다. 그렇기 때문에 '산 조르조 섬'에서 시그니처 시간을 맞이하게 된 걸까. 산 조르조 섬은 산 마르코 광장 건너편에 있는 섬으로, 바다 위에 떠 있는 듯한 산 조르조 마조레 성당을 볼 수 있다. 아까까지는 감색 빛이었다면 이때는 붉은 사과 같은 빛이 대지를 감쌌다. 점차 해수면 아래로 가라앉는 태양 덕분에 시간의 흐름이 가시적으로 느껴졌다. 섬이라는 이름에 걸맞게 바다가 시작되는 지점이었기에 항구에는 배들이 정박해 있었다. 태양이라는 눈 부신 조명 덕에 성당과 배들은 모두 형상만 관찰할 수 있었지만 말이다.

가이드님은 이런 역광을 활용해서 참가자들을 한 명씩 촬영해 주셨다. 그리곤, 챙겨 온 와인을 한 잔씩 따라주셨다. 와인 빛깔이 영롱한 다홍색이었는데 그 시점의 태양과 닮아있었다. 그 섬에는 우리가 전부였기에 와인을 홀짝이며, 그 시간을 더 깊게 음미했다. 이렇게 오감이 완벽하게, 만족감을 느끼는 순간이 또 있을까 싶을 정도로 모든 감각들이 생생했다. 내가 말하는 일몰의 세 가지 구간 중 두 번째 지점을 이 섬에서 머물렀다.

두 번째가 절정이었다고, 세 번째가 결코 시시하란 법은 없었다. 오히려 태양이 보일 땐 그쪽으로 집중되던 시선이 드넓은 하늘로 퍼져나갔다. 지평선 너머로 사라진 태양을 대신해 물든 하늘이 물을 잔뜩 머금은 수채화처럼 아름다웠다. 붉은 기운 사라진 하늘은 점차 옅은 보랏빛으로 물들어 갔다. 자신있게 말씀하시던 '내리면 더 예쁘다.'라는 단언이 나올만한 작품이었다.

〈산 조르조 섬에서 바라본 일몰〉

〈아카데미아 다리 위에서 바라본 본섬 풍경〉

재즈가 내려앉은 밤의 광장

세계는 한 권의 책이다. 여행하지 않는 사람들은 그 책의 한 페이지만 읽는 것과 같다.

아우구스티누스 Augustinus

한국에서도 '새벽이 아름다워서'라는 이유로 밤낮이 바뀌었던 시절이 있었다. 왜 항상 밤은 신비롭고, 몽글몽글할까? 우리의 마지막 투어 장소는 산 마르코 광장Piazza San Marco이었다. 그곳에 도착할 때쯤엔 이미 칠흑 같은 밤이었다. '광장'이란 이름에 걸맞게 다니는 길마다 좁고 미로 같은 베니스 내에서 가장 넓고 탁 트인 장소였다.

광장에서 내 시선을 사로잡은 건 다름 아닌 가로등이었다. 투박한 달 같은 한국의 가로등과는 달리, 마치 샹들리에처럼 화려한 장식의 가로등이었기 때문이었다. 새까만 밤을 밝히는 찬란한 가로등의 빛이 광장 한가운데에서 느린 템포로 춤을 추는 사람들을 비추었다. 베니스에서 가장 오래됐다는 카페 플로리안Caffè Florian에서의 재즈 연주가 바람결을 타고 광장 전체로 퍼져나갔다. 별다른 상상 가미하지 않아도 이곳에 존재하는 모든 것이 나를 중세로 보내주었다.

산 마르코 광장의 메인 스테이지에 돌입하기 전, 우리는 탄식의 다리The Bridge of sighs를 건너왔다. 탄식의 다리는 두칼레 궁전과 법정의 운하 건너편의 감옥을 이어주는 다리로써 죄수가 감옥에 갇히기 전, 마지막으로 보는 바깥세상인 셈이었다. 실제로 죄수들은 바깥을 바라보며 '언제 또 이렇게 아름다운 세상을 마주할 수 있을까.'라는 탄식을 남겼다고 한다. 가로등이 촘촘하게 설치되어 있는 탄식의 다리는 화려하게 빛났고 그만큼 아름다웠지만 이야기를 듣고 보니 죄수의 운명과 대비를 이루고 있었다. 하지만 이러한 비참한 이야기와는 별개로 노을이 질 때쯤 탄식의 다리 앞에서 키스를 나누면 영원한 사랑을 하게 된다는 낭만적인 전설까지 품고 있다.

이로써 베니스의 3대 교량인 리알토 다리, 아카데미아 다리, 탄식의 다리를 모두 돌아보았다. 3대 교량은 어울리는 시간대가 따로 있었다. 낮에는 리알토 다리, 일몰이 시작된 후에는 아카데미아 다리 그리고 밤에는 탄식의 다리. 수백 년간의 일화와 전설이 담겨 저마다의 역사를 형성한 다리들.

산 마르코 광장의 밤은 그 자체로도 아름다웠지만 장소에 스민 이야기들을 곁들였을 때 더 생생했다. 그 시대를 살았던 사람들을 떠올려 볼 수 있었다. 투어는 마지막으로 1분 영상을 남기며 종료된다. 산 마르코 광장을 배경으로 한 우리의 모습을 담은 영상이었다. 시작 버튼을 누른다는 외침을 듣고 아주 천천히, 광장을 한 바퀴 돌아보았다.

〈산타 마리아 델라 살루테 성당이 보이는 풍경〉

〈베니스 산 마르코 광장의 모습〉

당신들의 느긋함을 동경해

진정한 여행은 새로운 풍경을 보는 것이 아니라 새로운 눈을 가지는 데 있다.

마르셀 프루스트 Marcel Proust

베니스에서 크로아티아 로빈으로 떠나는 날이었다. 이동을 하게 되는 날은 아침부터 분주한 경우가 대부분이었지만 이날은 오후 5시에 페리에를 탈 예정이었기에 대미를 장식할 수 있었다. 처음엔 베니스에서 가장 오래됐고, 음악을 연주해 준다던 '플로리안'에 가려 했다. 하지만 내가 기대하는 모습이 아닐 것 같아 포기했다. 화려했던 밤에 비해 아침은 황량하지 않았을까. 우리의 환상을 지켜주는 건 의무와도 같았다. 어찌 됐든 마지막으로 보았던 모습이 가장 기억에 남을 테니.

"그냥 점심이나 먹을래?"

친구는 뭐든 좋다는 듯 고개를 끄덕였다. 전날 가이드님에게 추천받은 레스토랑으로 갔다. 그곳에서 야경 투어에서 만난 분들을 다시 보게 되었다. 이런 우연도 놀라웠지만, 역시나 현지인의 추천은 높은 확률로 신뢰를 받는단 뜻이기도 했다.

레스토랑은 훌륭했다. 내가 원했던 풍경과 요리였다. 물론 리알토 다리 근처의 레스토랑도 전망은 훌륭했지만 워낙 사람이 밀집되는 곳이라 한적함이 빠져있다는 게 아쉬웠다. 하지만 이곳은 새소리가 들릴 만큼 조용했고 그렇기에 여유로웠다. 해산물이 아낌없이 들어간 파스타를 배부르게 먹고 이탈리아의 젤라또를 나눠 먹었다. 우리가 식사한 곳은 나무테크 길의 통로였다. 잠시 구경이라도 할 겸 그 너머로 가보니 흐드러지게 핀 꽃 사이로 노천카페가 눈에 띄었다. 정오의 햇살을 받아 싱그러웠고 반짝이던 카페였다. 코너에 있어서 그런지, 그날만 유난히 그랬던 건지 두 개의 테이블만 채워진 상태였다. 두 테이블은 브런치를 즐기고 있었고 우리는 커피를 한잔하기로 했다. 베니스에서의 마지막 날은 아주 평탄하고도 유유히 흘러갔다. 하지만 우리의 여행이 이렇게 잔잔하기만 할 리가.

"잠깐만, 우리 역에서 타는 게 아닌데?"

고요한 호수에 파문을 인 한마디였다. 당연히 베니스 본섬의 산타루치아 역에서 페리를 탑승한다고 생각했던 나는 그곳을 기준으로 시간을 계산해 두었다. 하지만 알고 보니 크로아티아로 넘어가는 페리는 전혀 다른 역에서 출발하는 것이었다. 바로 그곳으로 간다면 시간이 얼추 맞을 테지만 우리의 짐은 산타루치아 역에 맡겨둔 상태였다. 생각을 거치고, 고민을 할 겨를이 없었다. 우선은 움직여야 했다.

산타루치아 역까지 빠르게 가는 건 쉬웠다. 다만, 캐리어와 백팩을 들고 페리를 타는 곳까지 가는 건 힘겨운 일이었다. 도보 21분, 수상버스로 8분. 당연히 수상버스를 타보려 했지만 구글 지도의 시간과 맞지 않아 결국 보내버렸고, 다른 번호의 수상버스도 놓쳤다. 수상 택시라도 불러야 하는 게 아닌가 싶을 정도였지만 이곳에서 택시를 부르는 방법 따위는 몰랐다. 초조함이 극에 달해있었다. 이미 페리를 타는 곳에 예상 도착 시간이 17시 2분으로 떠 있는(확인되는) 참이었다.

그렇게 피렌체에서 투어를 놓친 순간처럼 '망했군.'을 직감한 그 순간, 수상버스가 나타났다. 날씨는 전날만큼 좋았고 온도가 전날보다 낮았지만 그러한 기상조건도 우리를 평온하게 만들어주지는 못했다. 발을 동동 구르며 어서 도착하길 기다렸다. 5분 전. 20kg가 넘는 캐리어를 끌며 정신없이 내달렸다. 달리는 와중에도 이미 떠난 건 아닌가 노심초사했다. 역 안은 쥐 죽은 듯이 조용했기 때문이었다.

"우리, 갈 수 있어?"

다짜고짜 표를 보여주며, 물었다. 직원은 잔잔한 미소를 띠곤 어느 방향을 가리켰다. 3시간가량밖에 걸리지 않는 거리였지만 어찌 됐건 국경을 넘어서는 이동이었으므로 우리는 보안 검색대에 섰다. 짐을 모두 풀고 올리란 말에 재빨리 복대를 풀어 헤치고 캐리어를 얹었다. 우린 동분서주했지만 그곳의 직원은 놀라우리만치 느긋했다. 아주 신중한 얼굴로 우리의 여권을 확인했고 우리의 짐을 통과시켰다. 일련의 행동은 물 흐르듯 깔끔했지만 동시에 느린 리듬이었다. 뛰어오느라 흐른 땀이 살짝 마를 정도의 시간이 흘렀다. 드디어 우리의 통행을 방해하던 직원들이 비켜섰다.

바깥으로 나서자 유람선 같은 큰 배 한 척이 자리 잡고 있었다. 우리가 탑승할 페리였다. 정오보다 낮게 뜬 태양이 바다에 빛나는 윤슬을 만들어 주고 있었지만 그런 걸 즐길 여유 따위는 없었다. 만약 우리를 뒤따르는 카메라가 있다고 치자. 바다에 홀로 떠 있는 페리를 향해 캐리어와 백팩, 각종 쇼핑백을 들고 미친 듯이 뛰어가는 장면이 생생하게 담겼을 것이다. 그렇게 실제 시야보다 훨씬 멀게 느껴진 페리에 마침내 도착했을 때 직원이 우리의 짐을 들어주며, 탑승권을 검사했다. 물론 보안 검색대에 있던 사람들만큼이나 서두르는 기색이 느껴지지 않는 우아한 행동거지였다. 그렇게 짐칸에 짐을 보관하고 그 직원은 우리를 향해 환하게 웃으며 말했다.

"너희 늦었어."

그제야 핸드폰을 꺼내 시간을 확인할 수 있었다. 17시 3분이었다.

TIP

가이드님이 추천해 주신 맛집은 리오보노(Rio Novo)였다.
바로 앞에 수로가 있어 풍경이 좋았던 곳이었다.
해산물 파스타가 유명하고 랍스터를 직접 발라주기도 한다.

〈레스토랑 리오보노Rio Novo의 풍경〉

part 2

크로아티아

지상에 낙원이 존재한다면

떠나기 하루 전, 마지막 밤의 달은 유난히 크고 밝았다. 나는 그 달을 꽤 오래 바라보며 조금 더 이 테라스에서 머물고 싶다고 생각했다.

Coca-Cola
DELICIOUS REFRESHING
Coca-Cola
DELICIOUS REFRESHING

석양이 아름다운 소도시

걷기는 잊혀진 기술이 아니다. 누구라도 어쨌든 차고까지는 걸어가야 한다.

에반 에사르Evan Esar

로빈에 도착했다. 페리에서 내린 직후부터 해가 저물기 시작했다. 석양이 아름답기로 유명한 이 소도시가 예고도 없이 일몰의 과정을 보여주고 있었다. 넘실대는 강물에 아름다운 윤슬이 드러났다. 수평선 위에서 환하게 빛을 발하던 해가 뒤로 넘어가고 붉게 물드는 하늘을 따라 바다의 색도 함께 변했다. 장관이었다. 이 풍경을 앞에 두고도 그 공간에 있는 사람은 우리를 포함해 10명 채 되지 않았다. 소도시 특유의 고요하고 잔잔한 분위기가 그 공간에 머물렀다. 어느 중년 부부가 바다를 볼 수 있는 바위에 앉았다. 상대적으로 밝은 하늘 때문에 그림자만이 비치는 그들이었다.

바로 전날 보고 온 베니스의 노을도 혼을 쏙 빼놓을 정도였지만 주변의 분위기가 크게 달랐다. 투어를 통해 다른 사람들과 함께 본 노을과 우리 둘만이 바라보고 있는 노을. 어쩌면 확실한 목적으로 갔던 투어와 예고 없이 맞이하게 된 순간의 차이였을까. 로빈에서의 첫날은 환상적인 노을과 함께 마무리되었다.

"나 한국 갈 거야."

이 사악한 세상에서 영원한 것은 없다. 우리가 겪는 어려움조차도.

찰리 채플린 Charles Chaplin

아침이 되었다. 시계를 보니 이미 10시였다. 그러나 친구는 어젯밤에 누운 그 자세 그대로 미동이 없었다.

"야, 이제 나가야지."

친구는 밭은 숨만 뱉어내고 있었다. 잠시 살펴보니 숨에서 열기가 느껴졌다. 한국에서 챙겨 온 약이 있긴 했지만 우선 밥부터 먹어야 했다. 하지만 숙소에 있는 인덕션은 어떻게 된 일인지 작동하지 않았고, 한국에서 가져온 죽은 이미 다 먹어버린 상태였다. 소도시라 한식당은커녕 아시아 음식조차 찾아볼 수 없었고 어쩔 수 없이 햄버거를 먹기로 했다. 햄버거가 나오기를 기다리는데 친구가 갑자기 눈물을 흘렸다.

"왜 그래?"

다시 물으니, 너무 아파서 그렇다고 했다. 주문한 햄버거 나올 시점이었다.

"나 한국 갈 거야."

그러더니 항공권을 검색하고 있었다. 순간 멍해졌다. 그때는 겨우 여행의 초입이었기 때문이었다. 앞으로의 예약과 예매, 수많은 일정이 스쳐 지나갔다.

"많이 아파? 병원이라도 갈까?"

하지만 당장 병원에 갈 수는 없었다. 현재 우리가 있는 곳은 크로아티아의 소도시였으니 말이다. 친구가 한국이든, 병원이든 어디든 가기 위해선 공항과 병원이 있는 수도, 자그레브로 가야 했다. 어쩌다 소도시에 사흘을 머물게 되어 그마저도 바로는 불가능했다. 그렇다면 어쩔 수 없었다. 한국에서 가져온 약을 먹고 푹 쉬게 하는 수밖에.

나는 불현듯 앞으로 다가올 일정에 불안을 느꼈다. 여행에서 습득할 수 있는 가장 큰 자산은 위기 대처 능력이다. 특히 해외에서는, 말도 통하지 않는 이들의 도움을 받을 수 없으니 스스로 해결책을 모색해야 했다. 첫걸음은 상황을 최대한 냉정하게 바라봐야 하는 것이었다. 그다음은 여행지 혹은 한국까지 가장 안전하게 도달할 수 있는 과정을 천천히 강구해 내야 했다. 어찌 보면 여행은 모험의 다른 말이다. 어떤 일이 생길지는 떠나봐야만 알 수 있다. 그렇게 여행을 끝내고 돌아오면 나는 떠나기 전과 조금은 달라져 있단 걸 깨닫는다. 걱정과 근심은 떠나기 전의 몫이었다. 여행하기 전에 떠올렸던 추상적인 불안보다 당면한 문제가 더 구체적이고 풀기 쉬웠으니까. 물론 이것은 위기의 서막이었을 뿐이었다.

〈로빈의 골목〉

〈로빈의 골목 틈 사이〉

결국 공동의 언어가 필요했음을

우리를 조금 크게 만드는 데 걸리는 시간은 단 하루면 충분하다.

파울 클레Paul Klee

인간의 상호작용을 위해선 무엇이 필요할까?

크로아티아에서 겪은 일이었다. 우리는 에어비앤비를 숙소로 잡았고 유럽의 호스트들은 영어를 못하는 경우가 대부분이었다. 호텔이 아니었기에 감안해야 할 점이기도 했다. 사실 마주치는 상황은 체크인할 때가 전부이기도 했고 특수한 상황이 아니라면 이는 큰 문제가 되지 않는다.

체크인할 때는 필연적으로 마주쳐야 했다. 하지만 까다로운 과정은 아니었다. 알맞게 찾아온 입구에 서서 초인종을 눌렀다. 서로의 말을 이해할 수 없다는 것을 알아차리기라도 한 듯 우리 사이에는 가벼운 인사와 멋쩍은 웃음만이 오갔다. 하지만 그렇게 어색한 10분 남짓의 시간을 무사히 넘긴다면 더 이상 우리를 긴장하게 만드는 것은 없다. 아니, 그럴 줄 알았다.

우리가 그곳에서 머무는 동안 두 가지 문제점이 생겼다. 하나는 온수가 나오지 않는다는 것이었고 다른 하나는 인덕션이 작동되지 않는다는 것이었다. 소통의 벽이 높을 것 같아서 웬만하면 참고 넘어가려 했지만 친구는 심한 감기에 걸린 상태였고, 죽을 끓이기 위해서는 인덕션이 필요했다.

– 문제가 생겼어요. 와주실 수 있나요?

– 금방 갈게요.

에어비앤비의 번역 시스템으로 무리 없이 메시지를 나눌 수 있었고 곧 호스트가 내려왔다. 처음에 우리는 영어로 이 문제에 대해 설명했고 영어를 이해하지 못한 호스트는 다른 이에게 전화를 걸어 통역을 맡겼다. 하지만 그 방법에도 한계가 있었다. 그 상황을 한마디로 말하자면 호스트는 호스트대로 무언갈 호소했고, 우리는 우리대로 불편함을 표현하는 상태였다. 그러다 친구가 이탈리아어로 문제상황을 번역했고, 그것을 그대로 들려주었다.

– 온수가 나오지 않아.

인공지능이 단 한 문장을 발음하자마자 호스트는 빠르게 욕실로 향했다 아, 이렇게 쉬운 거였나? 다행이었지만 한편으로는 맥이 빠졌다. 욕실에 들어가서 지켜보는데 호스트가 샤워기를 조작하자마자 물이 쏟아졌다. 그리고 그 물줄기에서 김이 올라오는 광경을 목격할 수 있었다. 온수가 정상적으로 나오는 것이었다. 우리는 멍하니 그 모습을 관망하고 있었다. '어떻게 해야 온수가 나와요?'라는 물음을 던질 새도 없이 호스트는 '이제 됐지?'라는 모션을 취하며 밖으로 나갔다. 하지만 내가 샤워기를 껐다가 켠 순간 다시 얼음장 같이 차가운 물이 쏟아져 나왔다.

비언어적 표현이 대두되고 있는 현대에는 언어가 통하지 않아도, 문화가 다르더라도 의사소통에 무리가 없다고 말한다. 물론 언어적 소통이 없었던 체크인 당시, 우리를 반기던 호스트의 따뜻함은 느끼기 어려운 것이 아니었다. 하지만 구체적인 요구를 하기 위해서, 그에 알맞은 해결을 촉구하기 위해선 공통의 언어가 필수적이었다. 결국 우리는 온수를 사용해 보지 못했다.

로빈이라는 소도시에서 생긴 일

춤추는 별을 잉태하려면 반드시 스스로의 내면에 혼돈을 지녀야 한다.

프리드리히 니체 Friedrich Nietzsche

우리는 로빈이라는 소도시에 무려 3일을 머물렀다. 남들은, 특히 한국인이 잘 오지 않은 곳이었고 온다 해도 당일치기에 그치는 곳이었다. 두브로브니크 사장님이 말씀하시기를,

"외국인들은 와도 최소 일주일씩 잡는데 한국인들만 다들 2박, 3박."

우리가 얼마나 부지런한 종족인지를 깨닫게 해주는 말이었다. 얼마 전 책에서도 '대체 왜 한국인들은 남의 나라에 놀러 와서 새벽 4시부터 일어나서 고생을 감행하는 거야?'라는 물음을 보고 고개를 끄덕였다. 하지만 어쩌나. 이건 내재된 습성 내지는 본성에 가까웠다. 무언가를 봐야 해, 무언가를 해야 해라는 알 수 없는 의무감에 사로잡힌 한국인들은 가만히 있는 시간을 견디지 못한다. 분명 상상 속의 여행에서는 해변에 가만히 누워있거나, 카페에 앉아 책을 읽거나 병째로 맥주를 들이켜는 장면이 지나치지만 실제 여행은 항상 퀘스트 깨어나가듯 진행됐다.

그래도 로빈에 있는 시간 동안은 그들의 여행 방식을 조금 닮아갔을지도

모르겠다. '짧은 시간에 최대한 다양한 곳을 돌아다니자'가 모토인 사람이 같은 곳을 여러 번 재방문이란 걸 하게 될까? 3일간 로빈에 머물면서 같은 카페를 3번이나 가게 되는 나로서는 진기한 기적을 이루었다. 물론 그 카페는 한국에서 미리 찾아둔 곳이었으니 '즉흥의 묘미를 발휘해 굉장한 곳을 찾아냈다.'라는 희열감이 없던 게 아쉽기는 했으나 이만한 카페는 없으리란 확신이 들었다.

이 카페의 매력은 아치형의 입구였다. 그 입구를 통해 바라보면 아기자기한 카페의 내부와 저 멀리 넘실거리는 바다가 한 프레임에 담긴다. 처음엔 친구와 함께 갔다. 감기에 걸린 친구에게 따뜻한 차를 한 잔 마시게 하려고 한 것이다.

"에스프레소 한 잔과 과일 티 한 잔이요."

주문을 하곤 천천히 카페를 둘러보았다. 테이블은 바위에 아무렇게 놓여있었으니 규칙적인 배열과는 거리가 멀었다. 높낮이조차 일정하지 않았다. 정돈된 도시의 카페라기보단, 지나가다가 절경이 보이는 곳을 카페로 변모시킨 모양새였다. 아래로 내려가 바라보니 투명할 정도로 맑은 바다가 파도에 휘청이고 있었다. 듣자 하니 파도가 높게 치는 날은 문을 닫는다고 했다.

5월 말의 크로아티아는 따사로웠고 대체로 맑은 날씨가 지속되었다. 휴가철이 아니었고 유럽의 작은 소도시였기에 동양인은 거의 찾아볼 수 없었다. 이런 낯선 도시에서 알 수 없는 편안함을 느꼈다. 이곳에 있는 사람들이 손쉽게 대화할 수 있는 상대가 아닌 애써야만 겨우 대화할 수 있는 사람들이란 것도 묘한 안정감을 주었다. 나는 그들에게 쉬이 접근할 수 없고 그들도 나에게 다가오기 어려울 테니, 그런 사실이 만든 거리감은 날 홀로 존재하게 했다.

출근 시간의 지하철이 스트레스 요소인 이유는 단순히 '사람이 많아서'가 아닌 나만의 공간을 확보할 수 없을 정도로 주변이 밀집되어 있어서라고 한다. 그렇다. 주위에 사람은 포진해 있으되, 나와 관련이 없어야 했고 나에게 영향을 주지 않아야 한다.

그런 이유로 여행하다가 만난 사람 중 혼자 여행하는 사람이 유독 부러웠다. 혼자 온 이들에겐 '의지할 사람'이 존재하지 않았다. 그렇다면 방법은 단 하나, 내가 의지할 만한 사람이 되어야 했다. 내가 만난 혼자 떠난 이들의 공통점은 두려움을 토로했지만 동시에 두려움에 지지 않은 강인한 사람들이었다는 것이다. 또한 깊은 생각에, 사색에 잠기려면 고독이 필요했다. 로빈은 나에게 그런 시간을 선사해 주었다. 바닷물을 대신해 조용히 속삭였다.

'네가 동경하던 도시에서 홀로 존재하며 더 강해지라'고.

TIP

내가 갔던 카페의 상호는 메디테라네오 칵테일 바(Mediterraneo Cocktail Bar)였다. 낮에는 카페, 밤에는 바로 칵테일도 주문이 가능한 곳이었다. 이곳은 선셋을 보기에도 좋은 장소였으니 로빈은 간다면 꼭 추천하는 곳이다.

〈로빈 카페의 아치형 입구〉

스티브 잡스가 사랑한 도시의 테라스

휴가는 당신의 영혼을 다시 발견하는 시간이다. 캐롤라인 미스Caroline Myss

남들은 당일치기, 최대 1박으로 머무는 곳을 3박이나 예약하다니. 하지만 여행은 선구안을 발휘하여 좋을 거란 명목하에 계획한다. 3박이나 한 걸 후회할지, 후회하지 않을지는 가봐야 아는 것이었다.

크로아티아의 흐바르섬*Hvar Island*은 스티브 잡스가 죽기 전 머무른 섬으로 알려져 있다. 로빈과 마찬가지로 작디작은 소도시였지만 분위기는 판이했다. 두브로브니크의 축소판 같은 곳이었지만, 그보다 훨씬 아기자기하고 한산했다. 도착했을 때의 황금빛 노을도, 휴양지임을 드러내듯 우뚝 솟아있는 야자수도 좋았지만 그중에서도 으뜸은 숙소의 테라스였다. 숙소에 도착했을 때는 해가 저무는 시간이었는데 입성하자마자 우리는 감탄 섞인 탄식을 내뱉었다.

"와."

실내 공간은 침대가 전체의 3분의 1을 차지했을 정도로 아담했다. 하지만 테라스 하나만으로도 우리를 사로잡기에 충분했다. 호스트는 다 안다는 듯 고개를 끄덕이더니 테라스의 문을 열고 흐바르섬에 대한 설명을 해주었다. 지대가 높은 곳이라 흐바르섬의 지붕들과 아드리아해가 한눈에 보이는 지점이었다. 새파랗게 변한 하늘과 주홍색 지붕들이 묘한 조화를 이루었다.

그때부터 테라스는 내 자치가 되었다. 어차피 작은 도시라 꼭 가야 하는 관광지가 손에 꼽을 정도였고 그마저도 모두 걸어갈 수 있는 거리였으니 숙소에 머무르는 시간의 대부분을 테라스에서 보냈다. 당연히 아침을 먹을 때도 테라스에서 먹었다. 식빵과 우유라는 소박한 음식도 배경과 함께하니 근사해 보였다. 그 후로 포장해 온 피자, 한국에서 가져온 라면까지도 그 풍경과 함께했다. 무언갈 먹지 않을 때의 나는 테라스의 선 베드에 누워있었다. 들려오는 소리라고는 새소리가 전부인 그 고요한 공간에 매료되었다. 노래를 듣기도 하고, 책을 읽기도 했고 그저 가만히 앉아 있기도 했다.

맞다. 흐바르섬에서의 3박은 지나칠 정도로 길다. 하지만 이 테라스가 있었기에 우리가 머무는 시간이 너무나 짧게 느껴졌다. 떠나기 하루 전, 마지막 밤의 달은 유난히 크고 밝았다. 나는 그 달을 꽤 오래 바라보며 조금 더 이 테라스에서 머물고 싶다고 생각했다. 낮에는 동화 같은 색감을 자랑하고 밤에는 은은한 불빛이 수놓는 이곳에 말이다. 나는 온전히 사색에 잠길 수 있는 공간을 찾아냈고, 그런 영광을 완전히 누리기도 전에 떠나야 했다. 다시 그곳에 갈 수 있을까?

〈흐바르 에어비앤비 테라스에서 바라본 풍경〉

요새의 재발견

목적지는 결코 장소가 아니라, 새로운 시각으로 사물을 보는 방법이다.

헨리 밀러Henry Miller

흐바르의 스페인 요새Tvrdava Fortica는 오스만 제국과의 전쟁에 대비해 스페인 원정대가 만들어둔 것이었다. 역사 속 요새는 말 그대로 '전쟁에 대비하기 위해' 존재했지만 현대에는 완전히 다른 목적으로 사용되고 있었다. 요새의 특성상 무조건 고지대가 유리한데 그 지형적 조건에는 전혀 의도하지 않았을 장점이 있었다. 바로 '전망'이었다.

부다페스트의 어부의 요새와 마찬가지로 스페인 요새 또한 훌륭한 전망을 볼 수 있는 곳이었다. 스페인 요새는 우리가 머무는 숙소와 걸어서 15분 거리로 아주 가까웠다. 가는 길이 오르막이긴 했지만 바윗길처럼 험하지는 않았고 깔끔한 산책로였다. 짙고 높은 나무들이 모여 한여름의 뙤약볕을 막아주기도 했다.

15분은 짧다면 짧은 시간이었으나 오르막길이라 체감으로는 더 길게 느껴졌다. '얼마나 더 가야 할까.'란 생각을 두 번 정도 했을 때쯤 우리의 목적지인 '스페인 요새'에 도착할 수 있었다. 하지만 바로 들어가지는 못했다. 뒤돌아본 순간 보인 풍경 때문이었다.

"와, 여기 봐. 진짜 예쁘다."

두 나무 사이로 흐바르의 전경이 그대로 드러났다. 바로 앞에는 벤치가 두어 개 놓여 있었고, 아득해 보이는 저 아래의 아드리아해가 눈에 들어왔다. 그 옆에는 정박해 있는 페리들과 마을이 보였는데, 미니어처와 같은 크기였다. 그제야 높이를 실감했던 걸지도 모르겠다.

두브로브니크에 성벽 투어가 있다면, 흐바르엔 스페인 요새가 있었다. 아드리아해를 끼고 있는 두 도시는 지리적으로 가까웠기 때문에 풍경에는 별 차이가 없었다. 두브로브니크가 상대적으로 지대가 낮아 더 크게, 직관적으로 볼 수 있었고 흐바르는 아주 높은 곳에서 아래를 내려다보는 풍경이 매력이었다. 다만 흐바르는 작은 섬인 만큼 좀 더 조용하고, 한적하게 즐길 수 있었다. 큰 차이가 아니라고 생각할 수 있지만 형성된 분위기는 시각적인 요소만큼 중요했다. 두브로브니크에서 단체 관광을 온 이들의 모든 대화 소리를 들어야 했다면, 흐바르에서는 새가 지저귀는 소리가 들릴 정도로 고요했다. 또, 두브로브니크가 통행이 힘들 정도로 인파가 몰렸다면, 흐바르는 마음껏 공간을 활보하고 다녀도 될 정도로 자유로운 곳이었다.

가장 높은 곳에 올라가 보니, 그 옛날에 쓰였던 대포가 눈에 들어왔다. 과연 그 시대에 살던 사람들은 알았을까. 수백 년 뒤의 후손들은 전혀 다른 목적으로 이 공간에 방문하고, 전혀 다른 의미로 이곳을 기억할 거라는 것을 말이다.

〈스페인 요새Tvrđava Fortica에서 바라본 흐바르 전망〉

휴양지보단 도시를 사랑하던 내가

휴가는 일상에서 벗어나 꿈을 꾸는 시간이다. 앤드류 맥카시 Andrew McCarthy

저마다의 여행 스타일이 존재한다. 나는 취향이 확고한 편이었는데, 좋아하는 것보단 싫어하는 것이 명확한 것이 특징이었다. 그중 대표적으로 선호하지 않는 여행지는 휴양지였다. 나는 가만히 있지 못하고 계속해서 움직이는 스타일이었고 끊임없이 색다른 무언가를 보고 듣고 느껴야 하는 사람이었다. 그런 내게 '휴양지'하면, 선 베드에 가만히 누워 바다를 보는 장면만이 떠올랐다. 여유의 상징이자 휴식으로써의 여행으로는 최고였지만 나에게 여행은 휴식이 아니라는 것이 문제였다. 어딘가로 떠나서 휴식을 취한다는 자체가 모순 같았다. 온전한 휴식은 번거로운 이동 과정이 없는 제 자리에서만 가능하다는 게 내 생각이었다.

그런 확고한 신념을 간직하고 있을 때, 우연히 크로아티아 여행지 사진을 보게 되었다. 마침 유럽 여행 구상 단계에 있던 때였고, 그곳은 무조건 가야겠다고 다짐했다. 내가 끌린 건 뭐였을까? 그동안 수없이 많은 휴양지 사진을 보면서도 감흥을 느끼지 못한 내가 꽂힌 포인트는 무엇이었을까? 크로아티아를 장기 여행에 끼워 넣는다는 건 효율적인 동선을 포기하는 것과 다를 바 없었다. 그래도 나의 끌림을 믿고 강행했다. 과연 어땠을까?

베니스에서 로빈으로 넘어간 것이 크로아티아 여행의 시작이었다. 로빈은 여행 책자 부록에서 짧게 다뤘던 곳이었는데 그걸 확인한 순간부터 내 버킷리스트에 빠지지 않았다. 소도시의 아기자기한 모습을 볼 수 있었고, 절벽으로 지는 석양이 아름다웠던 곳이었다. 그래도 여기까지는 내가 생각했던 휴양지였다.

그러나 두브로브니크에 간 후에 생각이 바뀌었다. 크로아티아 여행의 꽃이라 불리는 두브로브니크는 그 수식어가 아깝지 않은 도시였다. 가만히 누워서 바다를 바라보는 게 아니었다. 내 생각만큼 아무것도 하지 않는 상태가 지속된다거나 무료함에 지배되지 않았다. 그것이 성벽 투어를 하며 느낀 점이었다.

멀리 보이는 아드리아해와 가까운 곳에 모여있던 붉은 지붕이 한 프레임에 담길 때 다른 휴양지와 차별화된 풍광이 펼쳐졌다. 가만히 앉아 바라보는 것과 움직이며 바라보는 건 사진과 영상의 차이만큼이나 컸다. 우리는 걸으면서 그 풍경이 가장 아름다울 최적의 구도를 발견하기도 했고 우연히 잠시 해가 비친 곳에서 찰나의 아름다움을 찾아낼 수도 있었다. 성벽 투어 중간중간의 전망대에 오르면 그러한 풍경이 파노라마로 펼쳐졌고 정오의 윤슬이 공간을 환하게 밝혀주었다. 눈이 부실 만큼 아름다웠다. 충분히 걸어 다닐 만한 공간이 존재한다면 휴양지 역시 나에게 매력적으로 다가올 수 있었다.

성벽 투어를 하는 도중, 한 외국인이 전망대 근처에서 서성이는 걸 보았다. 올라가 볼지, 말지를 한참 동안 고민하는 듯했다.

"Upstairs, the scenery is beautiful(위로 올라가면 더 아름다운 풍경을 볼 수 있어)"

"More than here?(이곳보다 더?)."

"It's much better than here(여기보다 더)."

덥다고, 힘들다고 이런 값진 전망을 포기할 수는 없는 일이었다.

TIP

두브로브니크 여행의 적기는 6~8월이다.
무더위가 기승을 부리는 시즌으로 성벽 투어는 꼭 아침에 시작해서 정오가 되기 전에 끝내는 걸 추천한다.

〈두브로브니크 성벽 투어 전망대에서 바라본 풍경〉

〈두브로브니크 성벽 투어의 전망〉

왜 레몬 맥주가 특별했을까

당신이 어떤 위험을 감수하냐를 보면, 당신이 무엇을 가치 있게 여기는지 알 수 있다.

지넷 윈터슨 Jeanette Winterson

성벽 투어를 끝낸 시점이었다. 성벽 투어를 하며 본 풍경은 아름다웠다. 하지만 그늘이 없던 탓에 뜨거운 열기를 모두 흡수한 듯했다. 6월 초의 무더위를 피할만한 공간을 찾아 헤맸다. 우리에겐 허기진 배를 채워줄 음식, 마른 목을 적셔줄 물과 지친 몸에 공급할 차가운 공기가 절실했다.

– 사장님 혹시 성벽 투어 하는 곳 근처에 맛집 있을까요?

곧장 숙소 사장님께 여쭈어봤다. 그렇게 우리가 추천받아 간 식당은 해산물 전문 레스토랑이었다. 우리는 테라스에 자리를 잡았지만 튼튼한 파라솔이 자리 잡고 있어서 그런지 쾌적한 온도가 유지되었다. 아직 크로아티아에서 제대로 된 음식을 먹어보지 못했고 휴양지 특성상 해산물이 제격이라고 생각했다. 갑오징어 리조또, 해산물 리조또, 새우구이를 메인으로 우리는 오렌지 주스를, 같이 간 동행은 레몬 맥주를 주문했다. 대낮이라 맥주를 피해 주문했지만 사실 잊고 있었다. 크로아티아에선 레몬 맥주를 마셔봐야 한단 사실을.

"조금 드셔보시겠어요?"

그때 동행이 한잔 마셔보라고 권해주셨고 맛을 본 나는 곧장 홀린 듯이 한 병 더 주문하게 되었다. 맥주 특유의 쌉싸름함이 거의 없는 레몬주스와 비슷한 맛이었다. 하지만 새콤달콤한 맛의 레몬 맥주는 마치 애피타이저처럼 식욕을 돋우어 주었고 무엇보다 앞에서 바라보는 아드리아해의 색감과 잘 어울렸다.

한국에서도 이 맥주를 맛볼 수 있기를 간절하게 바랐지만 아무래도 존재하는 공간 자체가 중요한 역할을 하지 않았나 싶다. 이제 와서 혀끝에 맴돌던 그 맛을 복기해 보자면 강한 탄산의 감각이 느껴지는 평범한 레몬주스였으니 말이다. 그 짜릿함을 다시 경험하려면 뜨거운 6월의 온도와 시끌벅적한 레스토랑 테라스, 결정적으로 태양에 반짝거리던 아드리아해가 있어야 할지도 모른다.

〈레스토랑Lokanda Peskarija앞 풍경〉

절벽 위의 부자 카페

여행은 모든 세대를 통틀어 가장 잘 알려진 예방약이자 치료제이며 동시에 회복제이다.

다니엘 드레이크Daniel Drake

두브로브니크 여행에는 정형화된 코스가 있었다. 아침에 성벽 투어를 시작해 점심 전까지 끝낸 후, 점심을 먹고 반예 비치에 가서 수영을 한다. 그리고 해가 저물기 시작하면 케이블카를 타고 스르지산 올라 올드타운을 조망하는 것이었다. 우리는 그 코스에 '부자 카페Buza Café'를 추가했다.

"혹시 점심 먹고 아까 본 카페 가보실래요?"

성벽 투어를 하던 중, 아래를 바라보는데 카페 같은 공간이 눈에 띄었다. 구글 지도로 살펴보니 나도 이미 알고 있던, 그 유명한 '부자 카페'였다. 바로 앞의 바다에서는 윤슬이 반짝이고 있었다. 절벽에 형성된 카페는 성벽에서 내려다보았을 때의 구도조차도 아름다웠다. 그 모습을 잊지 못해, 제안했다. 다행히 내 친구도, 함께 성벽 투어를 하셨던 분도 수긍하셨고 우리는 부자 카페로 이동했다.

성벽 투어를 하던 지점에 위치해 있어 혹시 성벽 투어를 하는 도중에만 갈 수 있는 곳이 아닌지 걱정했으나, 그렇지는 않았다. 도착해 보니 앞을 가리는 사물이 전혀 없어 훨씬 더 아름다웠다. 절벽은 넓게 퍼진 구조가 아닌 복층의 구조로 되어 있었는데 아래로 내려갈수록 바다와 더 가까워졌다. 절벽에 위치해 있단 지형적 특성이 로빈의 카페와 상당히 비슷했다.

물론 비슷한 모습에 동일한 풍경이었지만 분위기는 전혀 달랐다. 잔잔한 파도 소리가 들리던 로빈의 카페와는 달리 부자 카페에서 흘러나오는 음악의 데시벨은 상당히 높아서 그 음파의 진동이 느껴질 정도였다. 로빈의 카페가 '소도시의 어느 카페' 같았다면 그곳은 '관광지 중심의 카페'였다. 그 큰 음악 소리조차도 사람들이 떠드는 소리가 한데 모여 묻혀버렸으니 말이다.

만석인 공간에서 간신히 자리를 잡고 주문했다. 오렌지주스와 레몬 맥주와, 콜드 커피를.

"우리 커피는 캔으로 나와. 괜찮아?"
"응, 캔으로 줘."

나는 당연히 직접 제조한 커피를 캔에 넣어 준다는 이야기인 줄 알았다. 하지만 잠시 후 나온 커피는 정말로 '캔 커피'였다. 레쓰비와 같은 공산품 말이다. 어차피 나는 '콜드(COLD)'커피에 현혹된 것이었고 그들이 캔이라고 일러두기까지 했지만, 어쩐지 속은 기분이었다. 하지만 작열하는 태양 아래에서 차가운 커피를 마실 수 있다는 것만 해도 행운이었다.

주문하고 나서 둘러보니 이 카페에서는 커피보다 맥주를 마시는 게 일반적인 것 같았다. 아래를 내려다보았을 때, 난간에 기대어 선 이들도 병맥주를 한 병씩 들고 있었으니 말이다. 유럽에서는 카페와 바가 크게 분리되지 않았다. 덕분에 어느 시간대에 방문해도 맥주를 마시는 사람들의 모습은 흔히 관찰할 수 있었다.

더위가 어느 정도 식어갈 때쯤, 한국에 있는 친구들에게 사진을 몇 장 전송했다. 한국에서는 며칠째 폭우가 내리고 있다는 소식을 전해 받았다. 나는 바다를 한 번 더 내다보았다. 여전히 새파란 하늘에 들끓는 태양은 바다를 눈부시게 빛내고 있었다. 절경이었다.

〈부자 카페에서 바라본 아드리아해〉

스르지산 투어의 함정

가장 큰 위험은 위험 없는 삶이다. 스티븐 코비 Stephen Covey

두브로브니크에서 꼭 해야 할 두 가지는 성벽 투어와 케이블카를 타고 스르지산에 오르는 것이었다. 숙소 앞이 바로 케이블카 탑승장이었으나, 우린 다른 방법을 선택했다. 투어를 통해 스르지산을 가려고 한 것이다. 편히 갈 수 있는 루트를 두고 투어를 예약한 이유는 투어로만 갈 수 있는 코스가 포함되어 있기 때문이었다. 케이블카는 바로 산 정상에 도달한다면 투어는 차량으로 진행되기 때문에 올라가는 길목의 포토존에 들렀다 갈 수 있었다. 하지만 코로나로 인해 투어의 선택지가 좁았고 결국 아무런 리뷰도 없는 곳을 예약해 버렸다.

– 8시면 이미 깜깜할 것 같은데 괜찮을까요?
– 아 그럼 그냥 7시에 볼까요 ㅎㅎ?

생각보다 늦은 시간에 투어가 시작된다기에 카톡을 보냈으나 저런 답장이 왔다. 이렇게 쉽게 바꿔버릴 수도 있는 것인가. 그때부터 무언가 잘못됐음을 느꼈다. 미팅 장소에 도착해서 기다리는데 7시 정각을 지나도 아무도 오지 않아 점점 더 불안해졌다. 설마 사기였을까.

그때 밴 하나가 우리 앞에 도착했고, 외국인이 우리의 짐을 들어 실어주었다. 곧장 뒷좌석에 올라탔는데 내부를 둘러보니 역시나 우리밖에 없었다. 외국인 가이드는 아무 말 없이 오르막길을 향했다.

"뭐지 이게?"
"그러게. 나랑 카톡으로 대화한 사람은 한국인이었는데."

우리는 올라가면서 간간이 대화를 나눴지만 기사는 조용히 운전만 했다. 잠시 후 기사는 차를 멈췄다. 당연히 벌써 정상은 아니었고, 산 중턱이었다.

"10분(Ten minutes)."

간결했다. 차에서 내려 앞으로 가보니 인터넷에서 보던 그 스팟이었다. 케이블카로는 올 수 없는 그 비밀의 장소 말이다. 내가 생각했던 한국인 가이드와, 다른 투어객이 있는 건 아니었지만 들러야 할 곳은 들렀다. 바위에 앉아 올드타운을 내려다볼 수 있었는데 이 장면을 담으면 멋진 사진이 완성된다. 시간제한이 있어 재빨리 풍경을 눈에 담았고, 서로를 찍어주었다.

또 아무 말 없이 계속해서 산을 올라갔다. 이내 가장 높은 부근에 도착했고 우리에게 내리라는 사인을 보냈다.

"1시간(One hour)."

이번엔 1시간이나 주어졌다. 왜 그랬을까. 내린 곳에선 아무것도 보이지 않았는데 조금 가보니 카페가 눈에 띄었다. 어느새 날이 저물어 유일하게 환한 공간이었다. 카페에 가서 한잔하라는 걸까. 굳이 왜?

어디로 가야 할지 파악할 수 없던 우리는 카페에 들어가기로 했다. 막 들어가려 하는데 뒤에 있는 건물 엘리베이터에서 사람들이 올라가고, 내려오는 게 보였다. 홀린 듯이 그곳으로 가 가장 높은 층으로 올라가 보았다. 그랬더니 마침 하산하는 케이블카 옆에는 올드타운의 빛나는 야경이 펼쳐졌다. 이곳이 바로 스르지산 케이블카의 도착지였다.

알고 보니 이곳이 마지막 포인트였고 만약 이곳을 발견하지 못했다면 카페에서 시간이나 때우다가 차에 올라탔을 것이다. 그 가능성에 대해 상상만 해도 아찔했다. 과연 나는 투어를 예약한 걸까, 기사를 고용한 것인가. 만약 후자라 해도 목적지가 어딘지 파악하지도 못하는 고용주라니, 황당함에 웃음만 나왔다. 어찌어찌 잘 풀려 다행이었으나 우리는 케이블카를 타야 했을지도 모른다. 정체불명의 투어였다.

여행을 풍요롭게 해주는 것

독서할 때 당신은 항상 가장 좋은 친구와 함께 있다. 시드니 스미스Sydney Smith

여행은 일종의 일탈로 그 자체만으로도 색다른 경험을 선사한다. 하지만 내가 찾은 모든 관광지가 다 기대를 충족하고, 그 이상일 거로 생각한다면 필연적으로 그만큼의 실망도 따라온다. 여행에는 생각보다 지루하고 따분한 순간들이 많기 때문이다. 그러한 순간들은 연속적으로 이어진다기보단 스팟과 스팟을 연결하는 지점에서 불규칙하게 찾아온다.

그럴 때 우리는 무얼 해야 하는 걸까? 물론 서치와 메신저, 콘텐츠만 있어도 그리 힘든 시간은 아닐지도 모른다. 하지만 그렇게 보내는 시간이 따분하지 않다고 하더라도 '풍요롭다.'라는 한 차원 더 높은 감정은 기대할 수 없었다. 그것을 깨달은 뒤로 나의 여행엔 한 가지 루틴이 생겼다.

나를 더 풍요롭게 해주는 건 다름 아닌 독서였다. 진부한 방법에 시시해 할 수도 있으니, 몇 가지 옵션을 덧붙이겠다. 첫째, 이북이어야만 한다. 종이책의 경우 번거로움이란 제약으로 그저 짐만 될 위험이 크기 때문이다. 그리고 두 번째가 상당히 중요했다. 반드시 소설이어야 한다는 것. 다른 장르의 경우 사색을 요구하거나 의도적인 집중이 필요하기 때문이다. 우리는 자동적으로 스토리를 따라가야 했다. 이야기가 절정에 다다를수록 빨리 책장을 넘기고 싶은 욕망이 일고 안달이 나는 그런 몰입의 상태에 빠져야 했다. 이것은 개인적인 취향이었지만 소설 중에서도 스릴러 소설이 특히 그랬다. 역효과가 있다면 너무 흥미진진한 나머지, 관광보다 그에 빠져들 때도 있다는 점이 아닐지.

part 3

프랑스

스치듯 지나간 영화 속 한 장면

에펠탑은 지표로써 우리가 있는 곳을 상기시켜 주었고 시간의 흐름을 말해 주었다. 파리의 밤은 아름다웠다. 눈부시게 빛나는 에펠탑, 잔물결에 이는 반영, 그리고 환히 웃던 그들까지.

생애 처음 에펠탑을 마주했을 때

소중한 것을 깨닫는 장소는 언제나 컴퓨터 앞이 아니라 파란 하늘 아래였다.

다카하시 아유무Ayumu Takahashi

투어가 종료되고 개선문에 도착했다. 첫날은 늦은 시간에 도착했고, 그날은 투어를 하느라 아직 에펠탑을 보지 못한 상황이었다. 우선 개선문 근처에서 저녁을 먹은 후 샤요 궁Palace of Chaillot에서 동행을 만나기로 했다. 하지만 식당에서 나와 경로를 찾아보는데 유심이 말썽이었다. 여러 번 연결을 시도했지만 로딩 표시가 끝나지 않았다. 우버를 부르는 일조차도 인터넷 연결이 되어 있어야만 가능했다. 어느새 약속 시간이 지났지만 연락을 할 수가 없는 상태였기에 점점 초조해지기 시작했다. 어쩔 수 없이 직접 택시를 잡아타야 했다. 얼마나 나올지 가늠을 할 수 없는 상황이었기에 제발 '현금 지불'이 아니기를 바랐다.

"샤요 궁으로 가주세요."

해가 기울기 시작하고 반사된 빛이 황금색을 띠는 순간이었다. 저 멀리 에펠탑의 형상이 눈에 들어오기 시작했다. 그 앞에 떼로 몰려있는 사람의 형상까지도. '저곳이 바로 샤요 궁이구나'라고 첫눈에 알아보았다. 그럴 상황이 아님에도 나는 들뜨기 시작했다.

기사는 불어로 도착을 알렸고 다행히 요금을 카드로 지불할 수 있었다. 택시를 타고 오는 도중에도 여러 번 카톡을 시도해 보았으나 일정한 시간이 흐르고 모두 느낌표로 튕겨냈다. 결국 우리는 연락하지 못했고 수많은 관광객들 중에 한국인처럼 보이는 사람을 찾기 시작했다. 계속 주위를 둘러보며 누군가를 찾는 듯한 사람에게 말을 걸었다.

"저기 혹시."

다행히 그분이 맞았다.

"정말 죄송해요. 저희 유심이 갑자기 안 되어서, 연락을 못 드렸어요."

웃으며 괜찮다고 해주셨다. 이따 커피라도 사드려야겠다고 생각했다.

우선 에펠탑을 조망하기 가장 좋은 장소라는 이곳, 샤요 궁을 둘러볼 시간이었다. 생애 처음 에펠탑을 바라본 감상이라면 '저 철조물이 뭐라고 날 설레게 할까.'였다. 에펠탑이 내 앞에 실재한다는 것 자체도 놀라웠지만 날씨, 시간대가 완벽하게 맞아떨어졌기에 더 환상적이었다. 부드러운 빛이 천천히 에펠탑 전체를 감쌌다. 원래 짙은 고동색인 에펠탑의 색감이 골든 아워Golden hour의 영향으로 연한 브라운과 오렌지색을 적절히 섞어 놓은 듯했다. 왜 샤요 궁이 에펠탑 명소인지, 왜 사람들이 에펠탑을 보러 이곳에 오는 것인지 단박에 알 수 있을 정도였다. 샤요 궁은 에펠탑의 웅장한 자태를 바로 앞에서, 정면에서 바라볼 수 있다는 것이 가장 큰 메리트였지만 평지가 아닌 꽤 높은 지점에 있기 때문에 에펠탑이 있는 거리 전체를 한눈에 바라볼 수 있다는 것도 특색 있었다. 거리의 도로와 사람들, 다른 사물이 모두 작게 보이는 반면 에펠탑은 마치 합성이라도 한 듯 크고 높았다. 세계 최고의 건축물답게 존재감을 드러내고 있는 것일까. 그렇게 우린 이곳에서 생애 처음으로 에펠탑을 마주했다.

〈샤요 궁에서 바라본 에펠탑〉

모네가 사랑한 지베르니 정원

진정한 평화는 마음의 균형과 조화에서 비롯된다. 달라이 라마 Dalai Lama

프랑스 여행을 계획했을 때, 내가 가장 기대했던 것은 수도인 파리도 그 중심에 있는 에펠탑도 아닌 지베르니에 있는 한 정원이었다. 그곳은 바로 모네 작품 수련의 배경지였다. 단순히 '예뻐서'가 아닌 모네가 같은 그림을 수십 개나 그린 이유를, 그 정원을 그렇게도 마음에 들어 했던 이유가 궁금했다. 물론 모네는 인상주의의 대가였고 정원 자체의 매력보다는 화가 본인의 공이 클지도 모른다. 설령 그렇다 하더라도 모네 본인이 직접 선택한 정원이었고, 가장 좋아한 곳이라면 그 이유가 존재하리라 생각했다. 백문이 불여일견이라고 궁금하면 직접 가보면 되는 것이었다.

지베르니는 프랑스 2일 차 일정이었다. 효율적인 동선을 위해 사전에 투어를 예약해 두었다. 이른 아침부터 움직였지만 지베르니에 도착해서 실제로 정원에 입장한 시각은 정오가 지나서였다. 한낮의 햇볕이 그대로 내려앉은 정원의 모습은 눈부시게 빛났다. 자연의 모습이 그대로 드러나는 만큼 맑은 날과 흐린 날의 편차가 큰 곳이었다. 제발 맑기만을 기도했었는데, 운이 좋았다.

30분 동안 정원을 사랑한 모네에 대한 해설이 진행되었고 그 후 1시간의 자유시간이 주어졌다. 우리는 천천히 거닐었다. 여름 초입의 정원은 풍부한 색채와 진한 채도가 인상적이었다. 모든 것들이 빛나는 생명력을 발산했다. 호수 위에 청록색 아치형으로 된 일본식 다리와 물 위에 떠다니는 연꽃이 한 폭의 그림처럼 보였다. 그 지점이 모네가 특히 많이 그렸던 구도였다. 모네는 일본의 영향을 받아 정원을 만들고 다리를 축조하기까지 했다. 조금 더 걷자, 저 멀리 계단식으로 자리한 마을이 보였고 그 아래의 호수에는 나룻배가 일정 공간을 차지하고 있었다. 내가 생각한 프랑스 시골의 모습과 일치했다.

하지만 자연경관이 그대로 보존되었다고 할지라도 모네가 구상하며 거닐었던 그 시절만큼 차분하고 평화로울 수는 없었다. 내 마음대로 정원을 활보하고 다닌다는 건 사실상 불가능했다. 우리는 서로 몸을 부딪치며 걸어야 했고 전 세계의 다양한 언어를 귀에 담으며 돌아다녀야 했다. 이미 그는 이름을 날린 화가였으며, 그의 작품은 전 세계적인 위상을 가지고 있었기 때문이었다. 대부분이 같은 궁금증을 품고 지베르니 정원에 방문했을 것이다.

'왜 모네는 이 정원을 그리도 많이 그려냈을까?'

TIP

모네의 정원에 간다면 그곳에 있는 모네의 집도 함께 방문하는 것을 추천한다.

〈클로드 모네의 지베르니 정원 1〉

〈클로드 모네의 지베르니 정원 2,3〉

베르사유 궁전을 닮은 그곳

여행을 많이 해서 자신의 생각과 삶의 형태를 여러 번 바꿔 본 사람보다 더 완전한 사람은 없다. 알퐁스 드 라마르틴 Alphonse de Lamartine

프랑스 수도 근처를 여행하는 사람이라면, 혹은 프랑스가 처음이라면 베르사유 궁전을 가볼 것이다. 유럽에서 손에 꼽는 명성을 가졌으며 규모만으로 모든 걸 압도하고, 이름만으로도 낭만을 자아내는 그 궁전에 말이다.

베르사유 궁전은 파리가 아닌 외곽으로 나가야 한다. 번거로움을 피하고자 지베르니 정원과 함께 갈 수 있는 투어를 예약했다. 이렇게 규모가 큰 궁전일수록 중점적으로 봐야 할 곳을 인도해 줄 가이드가 필수적이었다. 게다가 베르사유 궁전은 오버투어리즘의 대표 사례와도 같은 곳이다. 입장 인원의 제한이 없어 모든 구간이 늘 붐비고, 이동에 제약이 생길 정도였으니 말이다.

베르사유 궁전은 수도인 파리에 있는 것이 아니기에 접근성이 떨어졌다. 궁전 하나 보자고 베르사유 지역까지 가는 게 망설여질 때 대안으로 가는 곳이 바로 오페라 가르니에였다.

오페라 가르니에는 파리 시내 중심에 있어 접근성이 아주 우수했다. 하지만 가장 중요한 점은 '베르사유와 견줄 수 있냐'일 텐데, 베르사유에서 가장 유명한 공간인 '거울의 방'과 오페라 가르니에의 '그랑 푸이에'가 구조적으로 상당히 비슷했다. 차이점이라면 베르사유의 거울의 방은 여러 창에서 빛이 들어와 채광이 좋았다. 그 덕분에 공간이 밝고 화사하며, 빛에 반사되는 샹들리에가 포인트가 된다. 오페라 가르니에 그랑 푸이에Grand Foyer의 경우 외부의 빛이 들어올 만한 창이 없어 샹들리에의 빛에 의지한다. 그렇다 보니 조명이 지나치게 노랗다는 느낌을 받았고 당연히 자연광보다 훨씬 어두웠다. 하지만 그렇기 때문에 더 아늑하고 고풍스러운 분위기를 자아내기도 했다.

오페라 가르니에는 화려함을 강조하려는 노력이 보였고 베르사유 궁전은 우아함을 강조하려는 노력이 보였다. 역사적 가치와 명성을 제외하고 공간적으로만 생각한다면 오페라 가르니에가 더 훌륭했다. 베르사유 궁전은 말 그대로 '궁전'이었으며 임금의 집일뿐이었다. 그저 규모가 어마어마하단 걸 제외한다면 침실이 있고 거실이 있고 액자가 걸려있고, 장식품이 전시되어 있을 뿐이었다. 하지만 오페라 가르니에는 '극장'이었다. 문화생활을 즐기던 공간답게 어딜 보아도 감탄사가 흘러나올 만큼 화려했고 심미적으로도, 구조적으로도 훌륭했다.

오페라 가르니에는 〈오페라의 유령〉 배경지라고 한다. 그러나 나는 오페라 가르니에 공간 속, Y자 모양의 대계단을 본 순간 〈타이타닉〉을 떠올렸다. 마지막에 레오나르도 디카프리오가 계단에 올라서는 그 장면의 배경처럼 보였기 때문이었다.

〈베르사유 궁전의 거울의 방〉

〈오페라 가르니에의 그랑 푸이에〉

〈오페라 가르니에의 대계단〉

파리에서 크레페를 먹는 독특한 방식

여행은 마음을 풍요롭게 하고 편견을 없애며, 정신을 넓힌다.

마크 트웨인 Mark Twain

노트르담 대성당을 지나쳐가고 있을 때였다. 온통 어둠에 잠식된 공간에서 유일하게 환하게 빛나는 가게가 눈에 띄었다. 11시가 다 되어가는 시간이라 당연히 술집이라 생각했지만 그곳은 카페였다. 우리에겐 따로 목적지가 있었고 아무 생각 없이 한 번 바라보고는 그냥 지나치려 했다. 카페는 통창으로 이루어져 있는데 문을 열 수 있는 구조였고, 모든 창이 다 열려 있는 상태였다. 잠시 들여다보다 그들이 먹고 있는 음식에 초점이 꽂혔다. 그것은 크레페였다.

바로 들어가 보니 내부에 펜스가 쳐진 상태라 마감인가 싶었는데, 바로 자리를 안내받았다. 우리가 앉은 자리 역시 밖이 훤히 보이는 창가였다.

“저 사람들이 먹고 있는 것과 같은 걸로 주세요(Please give me the same thing they eat).”

메뉴판을 보기가 힘들어 크레페 먹는 이들을 가리키며 같은 걸 달라고 말했다. 그러나 난처한 표정을 짓는 웨이트리스를 보니, 못 알아들었다는 걸 직감했다. 떠나와서 가장 자괴감이 드는 순간은 말을 못 할 때가 아닌, 해도 알아듣지 못할 때였다. 다시 찬찬히 메뉴판을 훑어보자 'BANANA NUTELLA AND STRAWBERRY(바나나 누텔라와 딸기)'가 눈에 띄어 무사히 주문을 마칠 수 있었다.

딸기, 바나나, 누텔라의 맛은 아주 흔한 만큼 특별할 게 없었지만 크레페 반죽이 훌륭했다. 만두피처럼 쫄깃하고 쫀득함이 살아있었다. 거기에 과일이 잔뜩 들어간 크레페는 식감이 아주 좋았다. 하지만 먹는 방식이 독특하고 낯설었다. 크레페를 칼로 썰어서 포크로 찍어 먹는다니. 한국의 동대문 크레페 같은 노점에서 테이크아웃하는 방식이 더 익숙했던 걸지도 모르겠다. 하지만 이 방식이 더 마음에 들었다. 흘릴 염려가 없어 깔끔하게 먹을 수 있었고, 입에 묻는다 하더라도 바로 닦아낼 수 있었으니 말이다.

프랑스는 미식의 나라였고 그만큼 디저트도 빠지지 않았다. 매일 아침 먹었던 크루아상, 퀸아망, 무스케이크. 모든 게 다 맛있었지만 이 크레페가 유난히 기억이 남았다. 크레페를 먹는 도중, 창가에서 우리를 지켜본 이들이 조금 전 우리처럼 카페에 들어오는 것을 보았다. 밝은 내부와 열린 통창을 바라보며 잠시 생각했다. 훌륭한 마케팅이라고.

TIP

라라랜드 재즈 바가 도보 1분 거리의 위치에 있으므로 크레페를 먹고 가보는 걸 추천한다.

영화 〈라라랜드〉의 배경지가 된 재즈 바

여행이란 발견의 연속이다. 다니엘 분Daniel Boon

파리의 재즈 바는 한국에서부터 미리 가보기로 했었다. 이전까진 '한 번쯤 가보자' 정도의 가벼운 마음이었다면 베니스에서 바를 경험하곤 그 생각이 좀 더 공고해졌다. 한국에서 가는 것과는 확연히 달랐기 때문이었다.

파리에는 영화 〈라라랜드〉의 배경이 된 걸로 유명해진 재즈 바가 있었다. 동굴 같은 구조로 이루어져 있으며 아치형으로 된 문과 공간이 독특했던 곳이었다. 지상의 1층은 일반적인 바였다. 그곳은 편안히 술을 마실 수 있는 공간이었다. 한층 내려가서 지하에 도달하면 재즈 바의 메인인 무대가 펼쳐졌다. 불그스름한 조명과 벽돌로 된 벽, 마찬가지로 아치형으로 된 스테이지가 19세기를 연상시켰다. 낯선 풍경에 어안이 벙벙해졌다.

들어간 지 1시간이 되어서도 온전히 분위기에 녹아들기 어려웠다. 이 재즈 바에는 주인공이 따로 없었다. 관객석과 무대의 경계가 뚜렷하지 않았기 때문이다. 무대 바로 앞에서 무아지경으로 춤에 빠져든 사람과 공연을 하는 사람 중 누가 메인인지 판단이 어려울 정도였다. 아무래도 열과 성을 다해 공연을 즐기는 곳이라 좌석이 있는 공간은 작고 협소했다. 정적인 공연을 주로 하는 한국에서는 이러한 공간이 전무했으니 낯설 법도 했다. 클럽을 예로 들 수 있겠지만 이곳은 밝고 조명이 깜빡이는 게 전부였으니, 그곳과도 결이 달랐다.

흥미로웠던 점은 다녀와서 알고 보니 라라랜드에 나온 장면은 이 재즈 바의 외관뿐이라는 것이다. 하지만 내부로 입장하고 나서도 나는 이 공간이 영화 촬영지임을 상기했고 영화 속에 그 장면이 반드시 담기었을 거라고 굳게 믿었다. 이곳의 본래 상호보다 '라라랜드에 나온 바'라는 수식어가 더 익숙한 만큼 속았다는 느낌이 들었지만 그 영화를 보기 전까지 나에게 이 재즈 바는 계속 라라랜드 재즈 바로 남을 것이다. 친구에게 이야기를 전할 때도 '라라랜드에 나온 바로 유명한 곳이 있는데 말이야.'라고 운을 뗐고 블로그에서 이곳을 추천해 줄 때에도 나도 모르게 라라랜드를 언급하고 있었다.

TIP

라라랜드 재즈 바인 'Le Caveau de la Huchette'도 좋지만 공연에 집중하고 싶다면 선셋&선라이즈(Sunset&sunside)를 추천한다.

〈파리 재즈 바Le Caveau de la Huchette의 무대〉

잔물결에 스며든 황금빛 에펠탑

순간들을 모아라, 물건들이 아니라. **카렌 살만손**Karen Salmansohn

파리는 대표적인 예술의 도시이며 그 중심부에 있는 에펠탑은 세계에서 가장 유명한 건축물이다. 하지만 파리에는 그보다 더한 수식어가 하나 있었는데 바로 '유럽 3대 야경' 중 한 곳이라는 점이었다.

그날은 에펠탑을 배경으로 두고 피크닉을 했던 날이었다. 서울의 한강과 같은 포지션인 센 강 바로 앞에 자리 잡았다. 3단 디저트 접시에 준비된 쿠키와 마들렌, 납작 복숭아를 깔끔하게 장식했고 바게트와 햄, 치즈를 이용해 간단한 샌드위치를 만들어 두었다. 그리고 투명한 일회용 잔에 로제 와인을 따라두었다. 피크닉을 위한 만반의 준비가 끝이 났다. 준비된 음식을 먹으며 바로 앞의 센 강과 맞은편에 우뚝 선 에펠탑을 바라봤다.

추천을 받아 그곳으로 가기는 했지만 트로카데로 광장*Le Trocadero et son esplanade*의 잔디밭이 더 에펠탑과 잘 어우러진다고 생각했다. 잔디와 하늘, 에펠탑이 대비를 이루는 것에 비해 강 주위는 색채적으로 큰 특색이 없었기 때문이다. 하지만 이러한 판단은 해가 저물기 시작하면서 반전되었다.

유럽 3대 야경에는 공통점이 있었다. 바로 강 주위에서 야경이 형성된다는 점이다. 프라하의 카를교는 블타바 강, 부다페스트의 국회의사당은 다뉴브 강, 그리고 파리는 센 강이었다. 그렇기 때문에 이 장소들의 진가는 해가 저물기 시작한 후부터 드러난다. 시간에 따라 변해가는 하늘의 모습이 강물에 그대로 반영된다. 핑크빛 하늘과 그에 따라 핑크빛으로 물드는 강물. 그 후, 조금씩 파란 기운을 생성하려는 하늘과 동시에 에펠탑의 조명이 켜졌다.

에펠탑의 주홍빛 조명이 강물에 비춰 너울거렸다. 완벽한 반영에 시선이 빼앗긴 것도 잠시, 의문의 폭죽 터지는 소리에 우리는 일제히 그 방향으로 고개를 돌렸다. 영문을 몰라 빤히 바라보다가 프러포즈임을 깨달았다.

"It's incredible(믿을 수 없어)!"

그야말로 황홀할 만큼 아름다운 광경이었다. 불꽃이 피어오르며 점차 까맣게 변해가는 하늘에 수놓았고 미리 고용된 듯 보이는 남자가 레드 카펫을 펼쳐 길을 만들었다. 순백의 드레스를 입은 여자가 천천히 카펫 위를 걸었다. 우리는 숨을 죽이고 남자가 있는 곳까지 걷는 여자를 바라봤다. 이내 남자는 건네받은 꽃다발을 앞으로 내밀며 웃음으로 맞이했다. 잠시 함께 미소 짓던 여자는 꽃다발을 받아 들었다. 옆에서 지켜보고 있던 모든 관광객의 축하 소리가 그 공간에 퍼져나갔다.

그들은 세계 최고의 프러포즈 장소를 택했고, 그곳에서 영원을 약속한 것이었다. 에펠탑은 정각마다 반짝이는 퍼포먼스가 예고되어 있었다. 그것마저도 단 하나뿐인 특별한 이벤트인 양 그들을 축복해 주었다.

에펠탑은 주홍색 조명에 알알이 부서지는 하얀 빛으로 반짝거리고 있었다. 에펠탑은 지표로써 우리가 있는 곳을 상기시켜 주었고 시간의 흐름을 말해주었다. 파리의 밤은 아름다웠다.

눈부시게 빛나는 에펠탑, 잔물결에 이는 반영, 그리고 환히 웃던 그들까지.

TIP

피크닉 장소를 고민하고 있다면, 시간대를 생각하자
낮의 피크닉은 트로카데로 광장, 일몰 이후의 피크닉은 센 강 앞을 추천한다.

〈파리 센 강에서의 피크닉 1〉

〈파리 센 강에서의 피크닉 2〉

〈센 강에서 바라본 에펠탑〉

기꺼이 가이드가 되어드리죠

여행은 삶의 새로운 시작이 될 수 있다. 알랭 드 보통 Alain de Botton

"오늘은 야경 투어나 할까?"

파리는 세계 3대 야경의 도시였다. 에펠탑의 명성 덕분에 얻을 수 있는 타이틀이라지만 파리의 야경에 에펠탑이 전부는 아니었다. 전날 센 강에서 피크닉을 하며 온전한 에펠탑을 감상했으니 이제는 파리 전체를 돌아볼 차례였다. 하지만 예정된 계획이 아닌 즉흥적인 생각인 만큼 모든 투어에는 '마감'이라는 이름표가 붙어있었다. 날씨가 끝내주던 날이었고 코스가 완벽하던 그 투어에서 미련을 떨칠 수가 없었다.

"그냥 우리끼리 이 코스대로 가볼까?"

그래서 이러한 결정을 내렸다.

첫 번째 스팟은 센 강의 9번째 다리라는 퐁네프 다리Pont Neuf였다. 일몰 시간보다 이른 출발이었기에 타오를 듯한 태양은 볼 수 없었지만 하늘이 서서히 수채화 물감을 풀어놓은 모양새로 변하는 시점이었다. 같은 장소였지만 낮의 분위기와는 사뭇 달랐다. 묘한 분위기를 자아내는 센 강을 바라보며 걷는다면 자연스레 걸음이 느려진다. 하지만 그렇게 걷는다 해도 다음 코스인 '루브르 박물관'에는 20분이면 도착할 수 있었다.

문을 넘어가기 전, 반대쪽에 반사되는 붉은빛이 보였다. 어째서 야경 투어에 루브르 박물관이 들어가느냐, 한다면, 루브르 박물관의 실질적인 심벌은 피라미드 장식이었기 때문이었다. 태양은 피라미드의 바로 옆에서 그의 존재감에 대적하려는 듯 강렬한 빛을 뿜어댔다. '저 철조물이 뭐라고 나를 설레게 할까?' 에펠탑을 앞에 두고 했던 생각이 그대로 떠올랐지만 태양을 뒤로하고 역광으로 담기는 피라미드의 형상은 하나의 조각 작품 같았다.

다음은 콩코르드 광장Place de la Concorde에 들어섰다. 개선문을 중심에 두고 광장의 서쪽에는 샹젤리제 거리, 동쪽에는 루브르 박물관과 튈르리 가든이 있다. 일몰은 해가 넘어간 순간부터 그 진가가 드러났다. 온 세상이 붉었다.

투어에는 반드시 하이라이트가 존재하는 법이었다. 이번 야경 투어의 정점은 알렉상드르 3세 다리Pont Alexandre III에서였다 이번 코스에서는 에펠탑이 보이지 않는 장소가 대부분이었는데 이곳에선 유일하게 에펠탑이 모습을 드러냈다. 마르스 광장처럼 바로 앞에서 에펠탑을 자세하게 볼 수 있는 위치는 아니었지만 센 강 너머, 전체적인 풍경을 조망할 수 있다는 장점이 있는 곳이었다.

하늘이 가장 아름다운 순간은 과연 언제일까? 태양이 눈에 보이는 순간? 해가 넘어가고 온 세상이 붉은 순간? 나는 온통 붉은 하늘에서 붉은 기를 조금 빼앗기고 푸른색과 섞이는 순간이 절정이라고 생각한다. 최고의 장소에서 최적의 시간대를 경험했다. 막연히 상상하던 파리 특유의 로맨틱한 분위기는 이곳에서 실현되었다. 전문적인 투어에서 따온 만큼 낭비되는 동선이 없는 완벽한 코스였다.

TIP

투어가 마감된 상태라면 코스만 따와서 개인적으로 가보는 걸 추천!

〈알렉상드르 3세 다리Pont Alexandre III에서 바라본 풍경〉

〈알렉상드르 3대 다리의 반대쪽 풍경〉

느긋함이 필요하다면 정원으로

방황하는 이들 모두가 길을 잃은 것은 아니다. J.R.R. 톨킨J.R.R. Tolkien

나라마다 쌓아온 역사가 다르고 그로 인해 남아있는 문화유산이 천차만별이다. 외국인이 한국을 여행한다면 경복궁에 방문할 가능성이 농후한데 이러한 관광지는 고유성을 갖는다. 하지만 정원이나 공원은 어떨까? 물론 정원이라고 다 같은 정원은 아니겠지만 이는 시장이나 도서관만큼 정형화된 관광지다. 파리에서는 튈르리 가든*Jardin des Tuileries*이었다.

한국에서 튈르리 가든의 정보를 찾아볼 때는 큰 감흥이 없었다. 화려한 아이덴티티를 갖춘 건축물에 비해 너무나도 흔한 풍경 사진뿐이었으니 말이다. 하지만 그래봤자 사진은 2D고 여행은 3D였다. 순간을 포착해 찍어둔 단 한 장과 사람의 눈으로 전체를 보는 것은 큰 차이가 있었다.

6월 초의 튈르리 가든은 싱싱한 생명력이 느껴졌다. 짙은 녹음과 화단에 만발한 꽃들이 여름을 알렸고, 산책로에는 가벼운 차림으로 정원을 유유히 걷는 사람들이 가득했다. 나에게는 생소한 악기로 연주를 하는 사람들도 눈에 띄었다. 그중에서도 사람들이 가장 많이 모여드는 곳은 역시나 분수대 앞이었다. 가장자리에 빙 둘러 놓인 의자와 옥빛의 연못 가운데 물레와 같이 곡선으로 떨어지는 분수. 그 분수대를 둘러싸고 앉아 있는 사람들. 그 순간 이유 모를 위화감이 온몸을 감쌌다.

내가 진정 마음에 들었던 건 정원 그 자체가 아닌, 정원을 대하는 사람들의 태도와 행동거지 아니었을까. 그 공간에선 여유가 존재했다. 그 무엇도 급한 것 없다는 듯 천천히 걷는 사람들과 느린 템포로 움직이는 사람들. 화단을 아주 오랫동안, 유심히 살피던 사람들과 양 사이드에 빼곡한 나무들 사이에서 대화를 나누는 사람들까지. 그들의 표정에서 정적마저도 음미하고 있음을 느꼈다. 평화란 이런 게 아닐까?

나는 언제부터인가 기록을 남기려 무형의 가치에 소홀했다. 현재를 누리면서도 계속해서 다음을 상기한다면 그 순간에 누릴 수 있는 것들을 놓치게 될 터였다. 바로 다음 일정이 없는 것을 감사히 여기며 나는 그들처럼 온전한 여유와 평화를 누렸다.

〈틸르리 가든의 풍경〉

〈튈르리 가든의 풍경 2〉

파리에서 들린 동양의 선율

음악은 어떤 지혜나 철학보다도 더 높은 계시를 준다.

루트비히 판 베토벤 Ludwig van Beethoven

파리 튈르리 가든을 지날 때였다. 그곳에선 저마다의 공연이 펼쳐졌고 그만큼 다양한 소리가 뒤섞여 들려왔다. 지나가던 우리의 귀를 사로잡았던 건 아주 익숙하고도, 구슬픈 소리였다. 소리의 정체는 누군가의 목소리도, 기타도 아닌 가야금이었다.

'대체 누가 동양의 악기를 연주하는 걸까?'란 의문으로 소리가 들리는 방향으로 가보았다. 그 소리는 높고 짙은 나무 뒤에서 들려오고 있었다. 연주자의 정확한 국적은 알 수 없었지만 틀림없는 동양인이었다. 길게 늘어뜨린 까만 생머리와 나풀거리는 꽃무늬 원피스, 섬세하게 가야금을 뜯는 하얗고 긴 손가락이 눈에 들어왔다. 소리뿐만 아니라 손가락의 움직임, 작은 떨림도 하나의 표현인 양 기품 있고 우아했다.

가야금의 선율은 아련한 분위기를 형성했다. 이 애타고 구슬픈 선율에 이끌린 것은 비단 우리가 전부는 아니었다. 그곳에 있던 사람들에게 마치 공간에 그 소리만이 존재하는 듯한 몰입을 이끌어냈다. 불어온 바람 때문에 모래가 공중을 맴돌았다. 그 때문에 잠시 연주자가 흐려졌는데 그것마저도 하나의 퍼포먼스 같았다.

하나의 곡이 마무리되자 숨죽이며 연주를 듣던 모든 사람이 박수갈채를 보냈다. 마지막 음을 뜯던 순간까지도 쥐 죽은 듯 조용하던 공간이 순식간에 축제 분위기였다.

"나도 넣고 싶다."

사람들이 박스에 돈을 집어넣는 걸 보고 친구가 한 말이었다. 아마, 현금이 있었다면 우리도 그 대열에 합류했을지도 모르겠다. 이렇게 완성도 높고 진한 여운을 주는 공연을 지나가다가 우연히 보게 되다니, 행운이었다.

현대의 몽마르트르 언덕

여행은 정신을 다시 젊어지게 하는 샘이다. 안데르센Andersen

예술의 도시란 명성을 가진 프랑스 파리. 파리 시내 곳곳에는 예술인의 자취가 묻어난다. 대표적으로 19세기에 화가들의 그림을 그리던 장소인 '몽마르트르 언덕'에 가기로 했다. 유구한 역사를 상기시키며 현대에 와서는 하나의 상징성을 지닌, 몽마르트르*Montmartre*.

큰 기대는 없었다. 영광을 누린 때는 과거 시점이었고 현대에 와선 상징성만이 남아있을 테니 말이다. 몽마르트르의 명성을 배제하고 본다면 그저 '언덕'일 뿐이니 말이다. 하지만 몽마르트르는 흔하다고 생각했던 '언덕'이라는 점이 가장 큰 매력이었다. 처음엔 '좀 더 높아야 하지 않을까?'란 생각이 들었다. 하지만 생각보다 파리 시내에는 높은 건물이 많지 않았다. 아래를 내려다보기 위해선 야트막한 정도로도 충분했다.

내딛는 걸음마다 색다른 모습을 볼 수 있었다. 높이 오를수록 가까이 보이던 마을은 멀어져 갔지만, 그만큼 시야에 들어오는 게 많아졌다. 중간 이상 올라왔을 때쯤 이미 시각적인 풍경을 충분히 받아들인 상태였기에 '더 가서 정상에 도달한다고 해서 더한 무언가가 있을까.'라는 생각이 들기도 했다. 그런 내 생각이 무색하게도 볼거리는 점진적으로 늘어나, 정상에 도착했을 때

최고의 풍경을 선사해 주었다.

단박에 이해가 되었다. 어째서 19세기의 많은 화가가 하필 이곳에 와서 그림을 그렸는지, 왜 이곳이 수많은 예술인의 성지가 되었는지를 말이다. 언덕 꼭대기에서 아래를 내려다보는데 저절로 영감이 피어올랐다. 그림에는 문외한이었지만 나도 모르게 도화지를 찾게 될 법한 풍경이었다. 아래에서 막연히 상상하던 것과는 다른 그림이, 미처 예측할 수 없던 입체감이 나를 압도했다. 이것은 오로지 오르는 '과정'을 통해 느낄 수 있는 감정이었다. 마을에서, 바로 정상에 도착했다면 이 정도의 감동은 받지 못했을 테니 말이다.

올라오는 길목의 계단과 벤치에 앉아 있는 사람들은 무슨 생각을 했을까? 제각기 다른 표정, 다른 포즈, 다른 모습의 사람들. 나의 눈엔 그들도 그 옛날의 예술인과 같이 영감을 찾아 헤매고 저마다의 감각을 열심히 표현하는 듯 보였다. 그 순간 어디선가 기타의 선율이 바람을 타고 들려왔다. 고개를 돌려보니 누군가 사크레쾨르 대성당*Basilica of Sacre-Coeur de Montmartre* 바로 앞에 앉아 있었다. 그는 기타를 치며 감미로운 노래를 흥얼거렸다.

몽마르트르 언덕에는 아직도 예술가들이 존재한다.

〈사크레쾨르 대성당〉

〈몽마르트르 언덕 정상에서 바라본 전망〉

사람들이 디즈니에 열광하는 이유

여행과 장소의 변화는 우리 마음에 활력을 선사한다. **세네카**Lucius Annaeus Seneca

디즈니랜드에는 두 파크가 있다. 놀이 기구 위주인 월트 디즈니 스튜디오와 디즈니 정체성인 성이 있는 디즈니 파크. 대부분이 여기서 많은 고민을 거치지만 어트랙션을 선호하지 않는 우리는 너무나 빠르게 결정을 마쳤다. 우리의 목적은 오로지 디즈니 파크에서의 일루미네이션이었다.

파리 시내에서 저녁까지 먹고 해가 기울 때쯤 입장했다. 별다른 일정이 없던 우리는 성을 배경으로 사진만 몇 장 찍고 자리를 잡았다. 어두워질수록 점점 더 사람들의 행렬이 늘어갔다. 운 좋게도 날씨가 맑은 날이었다. 핑크빛 노을이 선명하게 나타난 하늘은 점점 파랗게 물들어 갔고 이내 완벽한 비율로 섞여 들었다. 오묘한 하늘에 우뚝 선 신데렐라 성을 보니, 애니메이션 속에 들어온 것 같았다. 인간이 인위적으로 만들어둔 공간처럼 느껴지지 않았다.

일루미네이션 이전에 30주년 기념 드론 쇼가 있었다. 수많은 드론이 모여 디즈니의 핵심 캐릭터, 미니 마우스의 형상을 표현했다. 화단에서 알록달록한 색감으로 차오르는 분수와 계속해서 모양을 바꿔나가던 드론 군단. 디즈니랜드에서만 볼 수 있는 화려한 볼거리였다.

그리고 이내 대망의 일루미네이션이 시작됨을 알렸다. 드론 쇼가 생각보다 훨씬 화려해 그보다 더한 쇼일지 잠시 의심이 들었으나, 이내 기우였음을 깨달았다. 다양한 색상의 불꽃이 여기저기서 피어올랐고 신데렐라 성은 잠시 눈을 감았다 뜨는 순간조차 아까울 정도로 시시각각 다른 모습으로 변화했다.

하지만 디즈니 감성은 시각적 효과로만 보장되는 것이 아니었다. 때가 되자 〈라이언킹〉의 OST가 흘러나오며 세계 각국에서 모인 사람들을 한순간에 매료시켰다. 이미 그 전주만으로도 모두가 움찔하는 게 느껴졌을 정도였으니, 대단히 전율이 흐르는 광경이었다.

사람들이 디즈니에 열광하는 이유는 시간을 거슬러 어린아이가 된 듯한 감각을 주기 때문이 아닐까 싶었다. 어린 시절이 재림한 듯한 환상, 한마디로 어른이 아이가 될 수 있는 공간. 모든 것이 순수했다. 디즈니 세계에는 숨은 음모나 과거의 그리움, 미래의 불안 따위가 없었다. 그 순간, 익숙한 멜로디를 듣고 따라 부르는 모든 이들에겐 최고의 환희가 깃들었다. 준비된 모든 쇼가 사람들의 함성을 받으며 종료되고 이내 디즈니 성의 불이 꺼졌다.

나는 나가면서도 알 수 없는 미련에 계속 뒤를 돌아 디즈니 성을 바라보았다. 게이트를 통과하기 직전, 미키마우스가 익살스러운 동작으로 인사를 건넸다. 짙은 여운이 온몸을 휘감았지만 언제까지 이곳에 머물 수 없다는 것을 알고 있었다. 결국 어른이 되어야만 했던 웬디처럼 우리는 제자리를 찾아가야 했다.

우리처럼 어트랙션에 관심이 없다면 일루미네이션 1~2시간 전에 미리 자리는 잡아두는 걸 권장한다. 미니마우스 머리띠는 한국에서 미리 사 가는 걸 추천!

〈파리 디즈니랜드 30주년 기념 드론쇼〉

〈파리 디즈니랜드 일루미네이션〉

파리 시위의 날에는

여행은 사람을 겸손하게 만든다. 마르셀 프루스트Marcel Proust

인생은 예측 불가한 나날들의 연속이었다. 인생의 일부에 해당하는 여행이 그 법칙을 피해 갈 수는 없었다. 파리 시위의 날이었다. 물론 예고가 있었을 테지만 미리 알았더라도 우리는 그 정보를 대수롭지 않게 생각했을 것이다. 이날은 별다른 일정이 없는 그저 '숙소를 옮기는 날'이었으니 말이다.

디즈니랜드에서 딱 한 번 사용했던 미니마우스 머리띠를 양도하기로 했다. 유럽 여행 카페에 올려두었고, 빠르게 양도받겠다는 사람이 나타났다. 우리는 마르스 광장*Champ de Mars*, 그러니까 옮길 숙소 근처에서 16시에 만나기로 했다.

아침에 일어나 정해진 시간에 조식을 먹었다. 그 후 숙소를 나섰고 그때까지 가지 못했던 오페라 가르니에와 라파예트 백화점*Galeries Lafayette Paris Haussmann*을 다녀와서 첫날에 포기했던 라뒤레*LADUREE* 마카롱까지 구매했다. 그리고 원래 숙소에 맡겨둔 짐을 찾고 택시를 잡아탔다.

거기까지는 순조로웠다. 문제는 택시를 타고 나서였다. 피로에 지친 우리는 잠시 잠에 들었다. 그러다가 눈을 떴을 땐 시간이 꽤 지난 후였다.

"여기로 못 지나가."

유리창을 두드리던 소리에 기사는 곧바로 창을 열었다. 제복을 입은 경찰이 불어로 중얼거렸다. 바로 다른 방향으로 노선을 트는 걸로 봐서 지나갈 수 없단 뜻이었을 것이다. 하지만 다른 길에 들어서도 통행이 불가능하다는 이야기를 들었고 계속해서 같은 길을 빙빙 돌기만 했다. 그러는 동안에도 시간은 흘러 어느새 15시 50분이 되었다.

"오늘 시위 때문에 샹드막스까지 갈 수가 없겠어. 미안해(I can't make it to Champ de Mars because of today's protest. I'm sorry)."

결국 기사는 골목에 차를 세웠다. 나는 그곳에서 마르스 광장까지 걸어서 얼마나 걸리는지 검색해 보았고 30분이라는 걸 확인했다. 어쩐지 머리가 지끈거렸다. 머리띠를 건네줄 시간에도 맞출 수 없었으며, 체크인 시간도 맞출 수 없게 되었기 때문이었다. 나는 양도받을 분과 에어비앤비 호스트, 그 둘에게 번갈아 가며 현재 위치와 상황을 설명했다.

– 저희가 시위 때문에 늦을 것 같은데 지금 어디세요?
– 저 이미 도착하긴 했는데….

– 시위 때문에 체크인 시간에 맞춰 도착할 수 없겠는데, 혹시 조금 늦출 수 있을까?
– 미안해. 다음 체크인이 있어서 가봐야 해. 30분까지는 와줘.

총체적 난국이었다. 약속 시간에 맞춰 이미 도착했다는 분과 다음 스케줄이 있어 가봐야 한다는 호스트. 최대한 빨리 가보려 걸음을 재촉했지만 짐이 한가득인 상태에서는 한계가 있었다. 시위가 진행 중이었기에 버스를 탈 수가 없었고, 애매한 거리였기에 지하철을 탈 수도 없었다. 다른 대안은 없었다. 그저 빠르게 걷는 수밖에. 그래도 에펠탑이 꽤 크게 보이는 걸 보니 거의 다 왔다고 계속해서 스스로를 안심시켰다.

저 멀리 약속 장소인 스타벅스가 눈에 들어왔고 그 앞에 콜라 두 병을 든 사람이 기다리고 있었다. 양도받기로 한 분이었다. 너무나 오래 기다리게 했는데 미니마우스 머리띠 2개밖에 드릴 게 없어서 더 죄스러웠다.

"혹시 커피 한잔하실래요? 너무 죄송해서요."
"괜찮아요. 이제 가봐야 해서요. 머리띠 감사해요."

하나를 지워냈지만 긴장을 풀 수는 없었다. 아직 체크인이 남아있었기 때문이었다. 메시지에 적힌 대로 7층에 도착했으나 아무도 없단 걸 확인하고 다시 메시지를 보냈다.

– 지금 막 도착했어요.

곧이어 계단을 내려오는 발소리가 들렸고, 호스트의 지인인 듯 보이는 사람이 나를 맞이했다. 호스트를 대신해 방을 보여주었고, 주의사항을 설명했다.

유럽 여행 전체를 놓고 봤을 때 이날의 스트레스 지수가 가장 높았다고 생각한다. 우버가 빙빙 돌며 시간을 지체한 탓에 비용이 45유로나 청구되었으며, 얼리 체크인을 위해 미리 대금을 지불했지만 결국 무용지물이 되었다. 무엇보다 해야 될 일이 있는데 바로 처리할 수 없다는 걸 인지한 순간의 압박감이 가장 심했다.

part 4

스위스

우리를 압도하는 광활한 자연으로

나는 생각했다. 이걸 보고 갈 수 있어서 다행이라고. 봤다는 인식에서만 존재할 수 있는 '아쉬움'을 느끼지 않게 해 주었다고.

융프라우의 계절

낙관주의자란 봄이 인간으로 태어난 것이다. 수잔 비소네트Susan J. Bissonette

'6월에도 경량 패딩을'

한국에서 융프라우를 검색했을 때 보았던 문구였다. 설마 그 정도는 과장이라 생각했지만 산악열차를 타기 전부터 조금씩 달라지는 공기의 밀도와 와닿는 한기에 무언가 잘못되었음을 깨달았다. 정상에 도착하자 이 계절에 전혀 상상할 수조차 없는 추위가 온몸을 감쌌다. 얇은 바람막이와 재킷 하나를 걸친 우리와 이곳의 계절은 정반대처럼 보였다. 겨울에 바람막이 하나만 입고 돌아다니는 것 같았달까. 우리처럼 가벼운 차림새인 사람들도 있었지만 그래도 대부분이 경량 패딩 정도의 옷을 걸치고 있었다. 해발고도 3,454m는 우습게 볼 높이가 아니었던 것이다.

그렇다 해도 전망대는 포기할 수 없었다. 밖으로 나온 우리는 믿을 수 없을 정도로 광활한 풍경을 보았다. 만년설을 자랑하는 전망대에서는 온 세상이 하얗게 보였다. 장엄한 봉우리는 너무나도 아름다웠지만 오래도록 바라볼 수는 없었다. 눈이 시려올 만큼 빛이 강렬했기 때문이었다. 파란 하늘에 하얗게 색칠된 산의 조화는 수채화 그림 같았다. 그 옆에는 가느다란 구름이 여기저기로 흘렀다. 그러다 좀 더 아래를 내려다보았는데 숨이 막혀올 만한 풍광이 펼쳐졌다. 추워서 오들오들 떨던 것치곤 꽤 오래 버텼다. 아마 이 말도 안 되는 풍경 덕분이었을 것이다. 더 이상 견디기 힘들 때까지 감상하고서야 전망대를 나섰다.

"뭐야 여기?"

라면으로 몸을 녹이기 위해 나섰으나 영문 모를 코스가 시작되었다. 처음엔 얼음으로 만든 작품이 있는 동굴을 지났고 그다음엔 거대한 워터볼이 있는 공간에 들어섰다. 꽤 볼만한 조형물이었지만 맹렬한 추위가 우리의 감상을 방해했다. 전망대에 나가 있을 때보단 덜 했지만 그래도 머물러 있을 만한 온도는 아니었다. 계속된 혹한의 추위에 어지럼증마저 일었다.

계속해서 걷다 보니 바깥 공간이 나타났는데 어느새 눈이 내려 아무것도 보이지 않는 상태였다. 그래도 온 김에 새하얀 공간에 발을 내디뎠다. 어느 정도 눈이 쌓인 바닥에 발이 푹푹 빠지며 뽀드득 소리를 냈다. 6월에 눈을 다 밟아보다니. 제법 신선한 경험이었다. 알고 보니 그곳은 스위스 국기와 사진을 찍을 수 있는 포토존이었으나 갑자기 흐려진 날씨 때문에 가시거리가 짧았다. 바로 앞에서 찍어도 자욱한 안개로 인해 붉은 국기가 가려질 정도였다. 어쩔 수 없이 사진에 담는 건 포기하고 계속해서 눈을 밟아 나가기 시작했다. 이 감각을 느끼기 위해서, 기억하기 위해서.

다음 코스로 넘어갔다. 드디어 우리가 찾던 공간에 도착했고 그제야 온기를 느낄 수 있었다. 꽁꽁 언 몸에 숨을 불어넣는 라면까지 주문해 둔 상태였다.

"근데 왜 3개지?"

주문에 착오가 있던 모양인지 우리에게 주어진 컵라면은 3개였다. 익숙한 한국의 신라면이었지만 푸짐하게 올라간 건더기만큼은 낯설었다. 실내의 온기와 뜨거운 라면으로 꽁꽁 언 몸을 녹였다. 창을 통해 바라보니 아까까지만 해도 자욱하던 안개가 걷히고 금세 맑은 기운을 되찾았다. 하지만 다시 바깥에 나갈 용기 따위는 없었다. 그저 창밖으로 바라보는 풍경에 만족했다. 국물까지 들이킨 후에 포만감이 느껴졌고 만족감이 피어올랐다. 잠시 그 자리에 앉아 다시 흐려진 융프라우를 바라보다, 내려가기로 했다.

"티켓을 보여주세요(Please show me your ticket)."

내려가는 산악열차에 탑승했을 때도 티켓 검사를 했다. 추위에 질린 우리가 차츰 본래의 상태를 되찾아가고 있었다. 확인을 마친 역무원은 티켓과 함께 초콜릿 하나를 쥐여주었다. 스위스에서 유명한 린트 초콜릿이었다. 바로 먹어보았는데, 그때까지 몽롱했던 정신이 또렷해지는 것 같았다. 이게 바로 당의 위대함인가.

TIP

스위스의 전망대는 날씨 영향을 크게 받는다. 고작 10분 간격을 두고도 흐리거나 맑을 수 있으니, 오래 머무르는 것을 권장한다.

〈융프라우 전망대에서 내려다본 풍경〉

마테호른의 기적

자연 속에서 시간을 보내는 것은 가장 값진 휴가이다. 존 뮤어 John Muir

스위스에는 3대가 덕을 쌓아야 비로소 영접할 수 있다는 산봉우리가 있다. 바로 마테호른*The Matterhorn*이었다. 사실 그 표현은 마테호른 자체의 모습이 보기 힘들다는 뜻이라기보다 전제조건으로써의 마테호른을 칭하는 것이었다. 마치 그래픽처럼 구름 한 점 없이 선명한 날, 일출 시간대에 우뚝 솟은 봉우리에만 주홍색이 칠해지는 일명 '황금 호른'이 완성되는 조건을 말이다.

마테호른을 보기 위해 체르마트*Zermatt*로 가는 날이었다. 평지에선 산 위의 날씨를 가늠하기 쉽지 않았고, 좋아 보인다 싶다가도 금세 흐려졌다. 실시간으로 전망대의 대기 상태를 볼 수 있는 사이트를 통해 확실하게 알 수 있었다. 회색빛 하늘에 구름이 잔뜩 낀 전망대에는 어딜 보아도 마테호른의 흔적을 찾아볼 수 없었다. 한국에서도 날씨 운이 없던 우리에게 기적은 없었다.

마테호른은 워낙 웅장한 산봉우리였기에 마을에서도 보여야 마땅했지만 체르마트에서 도착해서도 그 표식은 전혀 드러나지 않았다. 체르마트 역에서 마테호른을 볼 수 있는 고르너그라트 전망대까지는 산악열차를 타고 올라갔다. 30분가량을 오르는데, 도중에 볼 수 있는 설산의 풍경은 멋졌지만 아마 마테호른이 있을 것으로 추정되는 반대편 하늘은 여전히 안개가 자욱하고 구름이 가득했다. 아마 그때부터 '망했음'을 직감하고 반쯤 포기한 상태였을 것이다.

전망대에 도착하고 나서 두 갈래의 길이 보였다. 아마도 저 너머에 존재할 '마테호른'이 있는 쪽은 사람이 전혀 없었다. 반대쪽 설산에는 파란 하늘의 모습과 더불어 하얀 구름이 규칙적으로 떠 있었고 수직으로 내리쬐는 태양 빛에 눈이 부신 상태였는데 그곳에 모두가 옹기종기 모여 있었다. 융프라우만큼이나 상징성을 간직한 마테호른이라 하더라도 눈에 보이지 않는다면, 사진에 담기지 않는다면 그렇게 외면당하고 마는 것이었다. 그래도 우리와 함께 온 일행은 희망을 버리지 않았다.

"조금씩 구름이 걷히고 있는 것 같아요."

이렇게 덧붙이며 기대에 찬 눈으로, 실루엣조차 보이지 않는 뿌연 안개를 바라봤다.

"그러네요."

전혀 동의할 수 없었지만 이대로 모습을 드러내지 않는다면 나조차도 아쉬울 테니 기다려 보기로 했다. 20여 분 정도 기다리니, 아랫부분이 살짝 모습을 드러냈지만 여전히 '이건 마테호른이야.'를 어필하기엔 부족했다. 여름의 초입이었음에도 해발고도가 높은 탓에 조금 쌀쌀했다. 우선 추위라도 잠시 피해보고자 컵라면을 먹고 나오기로 했다. 아무리 생각해도 스위스의 대표 관광지에서 한국 신라면을 제공하는 건 놀라웠다. 사람들이 가득 모인 그 장소를 배경 삼아 신라면을 담아보았다. 빛을 잔뜩 받아 찬란하게 빛나는 설산의 풍경과 원색의 신라면이 잘 어울렸다. 반대편도 워낙 절경이었기에 내려갈 때까지 마테호른이 보이지 않더라도 크게 아쉽지는 않을 것 같았다.

하지만 다시 밖으로 나온 우리의 눈에 믿을 수 없는 풍경이 펼쳐졌다. 온전한 형상을 되찾은 마테호른이 위풍당당한 위용을 드러냈다. 드디어 그토록 그리던 마테호른을 마주할 수 있게 된 것이었다. 마테호른을 둘러싼 구름은 조금 전까지는 방해 요소였지만, 약간의 거리를 두고 떠 있는 지금은 달리 보였다. 마테호른의 입체적인 아름다움이 더 두드러졌달까. 반대편에서 사진을 찍던 사람들은 일제히, 마치 홀린 듯이 마테호른이 있는 쪽으로 옮겨가고 있었다. 그제야 이 고르너그라트 전망대의 진가가 드러난 것이었다. 아마도 스위스에서 맞이한 가장 극적이고 황홀한 순간이 아니었을까.

꼭대기의 송곳니처럼 날카로운 부분이 포인트인 마테호른은 워낙 모양새가 확실하고 뚜렷한 탓에 처음부터 보였더라도 놀라웠을 것이다. 하지만 예고 없이 맞이하게 된 마테호른이었다. 그 순간의 우리는 그 어떤 감탄사도 나오지 않을 정도로 감격에 겨운 상태였다. 물론 보지 못했다면 마테호른이 어느 정도의 감정을 자아내는지 전혀 예상할 수 없기 때문에 생각만큼 아쉬움이 크지 않았을지도 모르지만 말이다.

나는 생각했다. 이걸 보고 갈 수 있어서 다행이라고. 봤다는 인식에서만 존재할 수 있는 '아쉬움'을 느끼지 않게 해 주었다고. 하지만 마테호른이 모습을 드러낸 것은 찰나의 순간이었다. 내려갈 채비를 마친 우리가 마지막으로 그쪽을 돌아봤지만 어느새 흘러온 구름이 장엄한 봉우리를 가려버렸다. 바로 그 순간 산악열차 한 대가 전망대에 도착했다. 그 시간에 도착한 이들은 과연 마테호른의 형상을 볼 수 있었을까?

마테호른은 기상 조건의 영향을 많이 받으므로 당일치기보다는 2~3일 동안 머무는 걸 권장한다. 황금 호른이 목적이라면 더욱더.

〈고르너그라트 전망대 마테호른의 맞은편 풍경〉

〈고르너그라트 전망대의 마테호른〉

루체른의 스타벅스가 특별한 이유

여행의 가장 좋은 점은 잠시 동안 평범함을 벗어난 것이다.

아가사 크리스티 Agatha Christie

아마 다음에 다시 스위스를 간다면 체르마트나 루체른에 머물지 않을까. 체르마트는 당연히 마테호른 볼 수 있다는 것이 이유였고 루체른은 시내 풍경이 다른 도시와는 사뭇 달랐기 때문이었다. 융프라우나 마테호른처럼 오롯이 자연의 장엄함이 드러나는 곳도, 그린델발트처럼 조용한 시골 마을도 아니었다. 자연과 도시가 적절히 조합된 곳이었다.

코앞이 루체른 시내였지만 우리는 먼저 리기산에 올랐다. 리기산 전망대 역시 다른 스위스의 전망대와는 차별점이 있었다. 대부분의 전망대가 만년설을 자랑하며 설산이 배경이 될 때, 리기산에는 푸른 잔디가 깔려있었다. 융프라우와 마테호른이 겨울이었다면 리기산은 여름의 상징이었다. 산 위에 마을이 형성된 것 같은 모양새였다. 경사가 진 잔디밭과 그 위에 핀 노란 개나리 그리고 기울어진 지대에 우뚝 서 있는 벽돌집. 집과 같은 위치에서 흐르는 구름만 아니면 산 정상이라고는 생각할 수 없는 풍경이었다. 그야말로 하이디가 존재할 것만 같은 곳이었다. 하지만 딱 거기까지였다. 리기산의 풍경은 흠잡을 데 없었지만 오래 머무를만한 요소는 없었다. 그저 한 바퀴 둘러보면 끝이 나는 코스랄까.

금방 산악열차를 타고 내려가 본격적으로 루체른 시내를 둘러보기 시작했다. 먼저 무제크 성벽Museggmauer을 올라가 보았다. 계단을 올라 맨 꼭대기에 도착했다. 하지만 막상 탑에는 볼거리가 없었고 샛길로 빠져나가야 비로소 볼만한 풍경이 펼쳐졌다. 아기자기한 그린델발트와는 달리 우뚝 선 나무들과 강을 사이에 두고 빼곡하게 자리한 뾰족한 건물들이 눈에 들어왔다. 신선한 공기에 적당한 온도였던 리기산과는 달리 작열하는 한여름의 기운이 느껴졌다. 태양을 피할만한 공간이 전혀 없었음에도 계속해서 걸어 나갔다. 내뱉는 숨마저 뜨거웠다.

이곳에서 내려가면 우리가 계획한 마지막 장소가 나온다. 바로 카펠교가 보이는 스타벅스였다. 익숙한 상호에서 낯선 풍경을 볼 수 있다는 건 묘하게 흥분되는 일이었다. 프라하의 스타벅스처럼 유일하게 이곳에서만 볼 수 있는 풍경 덕분에 가치가 있는 곳이었다. 그렇게 도착한 스타벅스는 생각보다 더 좋았다. 맞은편에 카펠교를 두고 로이스 강 바로 앞에 자리한 노천 테이블. 화단에 핀 알록달록한 꽃들과 카펠교 옆에 위치한 아기자기한 집들. 그마저도 아름다웠다. 강물이 너울거리는 것을 한참이나 바라보았다. 자극이 크지는 않았지만 리기산에서보다 더 오래 머물고 싶은 곳이었다.

카펠교에서 스타벅스가 있는 곳을 바라보는 풍경도 그만큼 예뻤다. 로이스 강을 사이에 두고 아기자기한 식당과 카페들이 즐비해 있는 모습이었다. 좀 더 머물고 싶었지만 다시 그린델발트로 돌아가야 했다. 은은하게 빛나는 루체른의 야경을 볼 수 없다는 게 못내 아쉬웠다.

〈루체른 리기산의 모습〉

〈루체른 로이스 강의 모습〉

그린델발트의 고양이

행복하게 여행하려면, 가볍게 여행해야 한다. 생텍쥐페리 Antoine de Saint-Exupéry

스위스에서는 외식을 하지 않았다. 점심은 도시락을 싸가기로 했고 저녁은 모든 일정이 끝나고 숙소로 돌아와 먹었다. 대부분 한국에서 챙겨간 음식을 먹었지만 쿱에서 파는 삼겹살은 꼭 먹어보기로 했다. 어느 리뷰에서 삼겹살을 잘못 골라 입술이 따가울 정도로 짜다는 얘기를 보았기 때문에 고르는 데 신중을 기했다. 프라이팬을 달구고 고기를 올렸을 때 익숙한 냄새가 퍼져나갔고 그제야 안심했다. 노릇노릇한 고기를 접시에 옮겨 담고 뒤를 돌아보니, 유리문 앞에 고양이 한 마리가 앉아 있었다. 그것도 아주 다소곳하게.

어차피 마당 테이블에서 먹을 생각이었으므로 유리문을 열어두었다. 고양이가 방에 들어오지는 않았다. 그때까지 가만히 실내를 바라보던 고양이는 접시를 가지고 나가는 친구 뒤를 따라갔다.

"삼겹살 때문에 왔나?"
"여기 사는 거 아닐까?"

먼저 삼겹살 한 점을 먹어보았고 한국 삼겹살과 같다는 걸 확인했다. 익숙하고도 그리운 맛이었다. 눈에 보이는 풍경과 건축물, 거리는 새롭기를 원했지만 선호하는 음식만은 '늘 먹던 것'이었다. 스위스 시골 마을의 테라스와 삼겹살의 조합은 언밸런스했지만 만족스러운 한 장면이기도 했다.

우리가 테이블에 앉은 후 고양이도 테이블 밑에 자리를 잡았다. 먹는 동안 한 번도 그 자리를 뜨지 않고 우리의 행동을 유심히 지켜보고 있었다. 접시를 모두 치우고 다시 그 자리를 바라봤을 때는 이미 사라지고 없었다.

며칠이 지난 후, 그 고양이는 또다시 나타났다. 남은 삼겹살을 먹던 날이었다. 결국 이유가 명확해졌다. 삼겹살 냄새에 이끌려 나타난 게 맞았다. 그 목적성이 뚜렷한 방문이 귀엽게 느껴졌다. 이번에도 고양이는 테이블 아래에 자리를 잡았고 우리의 손짓 하나, 몸짓 하나에 반응을 보였다.

"하나 줄까?"

빤히 삼겹살을 바라보는 그 모습에 웃음이 나왔다. 그린델발트 마을을 뒤로하고 앉아 있는 고양이는 그 배경과 완벽하게 어우러졌다. 나도 모르게 카메라를 가져와 애니메이션의 한 장면 같기도 한 그 순간을 담아냈다.

〈그린델발트 풍경 속 고양이〉

스위스에서 일주일을 보낸다는 건

일 년 중 한 번은 당신이 단 한 번도 가보지 못한 곳에 가 보아라.

달라이 라마Dalai Lama

스위스에서의 일주일 살이를 시작했다. 한 번쯤 상상하며 꿈꿔왔을 풍경을 실제로 마주할 수 있었다. 스위스 내에서도 '어디에 머물지'에 대해서는 많은 고민을 거듭했었다. 리마트 강이 보이는 루체른, 마테호른이 보이는 체르마트, 아레 강이 보이는 인터라켄 서역 그것도 아니라면 압도적으로 교통이 편리한 인터라켄 동역까지 모든 곳을 염두에 두었다. 하지만 실제로 숙소를 고르는 기준은 아주 단순했다.

'그곳에 있는 나를 상상했을 때 가장 행복감이 드는 곳', 그러니까 현실적인 감각 없이 감성만 우위에 둔 것이다. 상관없었다. 당시 어딘가에 소속된 상태가 아니었기에 일정이 촉박한 것도 아니었고, 새로운 시작을 축복하는 신혼부부들처럼 선택이 반드시 성공적이기를 바랄 필요도 없었다. 그저, 즐기든 생각보다 즐기지 못하든 시도해 보면 되는 것이었다.

최종적으로 고른 곳은 그린델발트의 샬레였다. 샬레*chalet*는 스위스의 전통 가옥으로 현지인들이 일정 기간 독채를 빌려주기도 했다. 그린델발트 마을과 그 너머의 아이거 산맥*Eiger*이 정면에 보이는 풍경을 볼 수 있다는 것이 가장 큰 메리트였다. 그린델발트의 지형적 특색을 느낄 수 있는 스위스 전통 가옥에서 현지인처럼 머무르고 싶다는 이유하에 선택되었다. 그리고 우리의 계획은 흠집조차 나지 않았으며, 여러 차례 상상한 대로 완벽한 시간을 보냈다.

다만 여행은 나를 알아가는 시간이라는 걸 사무치게 통감했던 순간이기도 했다. 떠나기 전, 그곳에 있는 나를 상상하며 시뮬레이션한 것과 거의 비슷하게 흘러갔던 것은 너무나도 큰 행운이었다. 하지만 내가 진정 원하는 것이 그런 게 아니라는 것을 깨달았다. 밤에도 일정한 루틴이 있어야 하는 나를 뒤로하고 스위스는, 정확히 '그린델발트는 너무도 일찍, 하루를 마감했다. 그 섭리를 배반하고 억지로 눈을 뜨고 있어 봐야 캄캄한 밤하늘의 별만이 나를 달래줄 뿐이었다. 낮과 밤의 시간을 동등하게 보내고 싶었던 나에게, 이 마을은 '잠시 들렀다 갈 손님' 정도가 알맞았다. 그래도 나쁘지 않았다. 눈이 녹지 않은 아이거 산맥을 보았고 자연이 만든 독특한 지형의 마을을 느꼈으며 나를 알아가는 시간을 가졌으니 말이다.

〈그린델발트의 마을과 아이거 산맥 1〉

〈그린델발트의 마을과 아이거 산맥 2〉

스위스가 내게 준 건 평화가 아니었을지

여행은 관용을 가르친다. 벤저민 디즈레일리 Benjamin Disraeli

'스위스' 하면 대부분 무엇을 가장 먼저 떠올릴까.

아마 개발되지 않은 자연 그대로의 푸르른 초원, 옥빛의 호수, 한여름에도 녹지 않는 설산을 가장 먼저 이야기할 것이다. 나 역시도 그것을 기대하고 스위스를 선택했으니 말이다. 하지만 그보다 기억에 남는 것이 있었다면, 내가 드디어 평화로운 상태에 접어들 수 있다는 시점이 스위스에 당도한 순간부터라는 점이었다.

타국에서 기차를 타는 것은 도시를 이동하고, 국가를 이동하는데 국한되었으며 이동은 일방향인 경우가 대부분이었다. 하지만 스위스에서는 일종의 베이스캠프가 존재했다. 그곳은 우리의 숙소가 있는 그린델발트였다. 정신 차려보니 우리는 매일 기차여행을 하고 있었다. 이러한 특수한 여행에는 몇 가지 이점이 확실했다.

스위스 열차의 창은 유난히 컸다. 그 덕에 바깥의 풍경과 더 근접한 듯한 착각이 일었고 이동 중 실내에서부터 이미 여행이 시작된 듯한 기분이 들었다. 창문은 변검술사의 가면과 같이 쉴 새 없이, 다른 모습으로 바뀌었다. 익숙한 그린델발트 풍경을 지나쳐 호수나 설산이 눈에 들어오는 것까지가 여행의 과정이었다. 며칠이 지나자 우리는 그린델발트라는 시골 마을에 거주하는 주민이 되었으며 그곳에 사는 현지인으로서 스위스 나들이를 하는 것뿐이라고 생각할 정도가 되었다.

그리고 다음은 핸드폰과 지갑만 들고도 기차에 오를 수 있다는 점이었다.
유럽 여행 23일 차에 스위스에 왔다. 22일간의 여행을 돌아볼 때, 그간의 여행은 모험이었다. 당연히 즐거웠지만 동시에 편안할 수 없는 긴장 상태의 연속이었다. 32인치 캐리어와 커다란 배낭을 사수하기 위해 끊임없이 주변을 의식해야 했고 사람이 많은 곳에선 현금과 카드가 들어있던 복대를 그러쥐며 걸어야 했다.

그러던 내가 23일 차 만에 편안한 상태에 접어들었다. 더는 주변을 감시하듯이 살피지 않았고 더 이상 누군가의 의도를 가늠하지도 왜곡하지도 않았다. 그랬기 때문에 더 친절한 사람이 되었다. 스위스의 기차는 모든 걸 그대로 받아들이게 했고, 온전히 감상하고 즐기게 했다. 그 때문에 조금 루즈해졌을지라도 어차피 우리의 삶은 흥분 아니면 권태의 연속이었으니 즐기는 수밖에.

〈그린델발트 기차역의 모습〉

열차에서의 인연

여행은 다른 문화, 다른 사람을 만나고 결국에는 자기 자신을 만나는 것이다.

한비야

여느 때처럼 스위스 열차에 올라탔다. 오늘은 드라마 〈사랑의 불시착〉 촬영지라는 이젤 발트를 가기로 한 날이었다. 스위스 패스가 적용되는 동안은 자유석이었고 늘 그랬듯이 눈에 들어오는 자리에 앉았다. 우연히 눈에 띈 자리가 하필 4인석 자리였다는 것은 앉은 후에야 깨달았다. 그러니까 누군가 우리 앞에 앉는다면 마주 보고 앉아야 하는 것이었다. 열차가 다음 역에 정차하고 우리 앞에 누군가 자리 잡았다. 첫눈에 한국인인 걸 알아보았다. 아마 그분들도 그렇게 느꼈을 것이다.

"어디 가세요?"
"저희는 패러글라이딩하러요!"

얼마 되지 않는 시간 동안 꽤 많은 이야기를 나누었다. 친구 사이인 듯 보였던 두 분은 직장동료라고 하셨다. 공적으로 엮인 사람들이 동일한 시기에 퇴사했고 같은 마음을 품고 여행을 왔다는 것이 놀라우면서도 대단하다고 느꼈다. 그리고 어느 나라가 가장 좋았는지, 지금 여행하고 있는 스위스에서는 뭐가 기억에 남았는지에 대한 이야기도 오고 갔다. 심지어 빠질 수 없는 서로의 MBTI까지 말이다.

"마운틴 카트는 꼭 타보세요."

그때 한 분이 결연한 눈빛으로 펀패키지를 추천해 주셨는데 그것은 스위스에서 가장 즐거웠던 경험으로 남았다. 나는 이 우연한 만남에 감사해야 할지도 모른다.

어찌 보면 이 만남은 공간적으로, 시간적으로도 한계를 가지고 있었다. 머나먼 타국, 그것도 열차라는 특정 공간에서 아주 짧은 시간 동안만 머무르는 것이었기 때문이었다. 각자의 목적지가 나오기 전까지 말이다. 그래도 이곳이 한국이었다면 대화를 나눌 일도 없었을 것이다. 신비롭게도 낯선 환경에서는 모르는 사람과의 일상적인 대화가 전혀 이질적으로 느껴지지 않았다. 우리가 같은 곳에서 떠나왔다는 동질감 때문일까, 그저 타지에서 한국인을 만났다는 반가움이었을까. 그저 이렇게 흘려보낼 수 있는 인연이었다. 하지만 난 조금 질척거려 보기로 했다.

"인스타 여쭤봐도 될까요?"

짜릿한 순간을 위한 마운틴 카트

삶은 당신의 안전지대를 벗어나야 비로소 시작된다.

닐 도날드 월쉬Neale Donald Walsch

나는 액티비티를 좋아하지 않았다. 아니, 좋아하지 않는 줄 알았다. 그렇기 때문에 피르스트를 갈 마음이 없었고 피르스트를 간다 해도 펀패키지를 할 생각이 없었다. 하지만 그즈음에는 열차에서 만난 분들에게 아주 깊게 영업된 상태였다.

'한국의 루지랑 비슷한데, 정말 재밌었어요.'

특히 루지와 비슷하다는 말이 나를 피르스트로 이끈 걸지도 모르겠다. 막상 피르스트에 가기로 한 날은 비가 와서 아무 데도 가지 못했다. 다음날은 우리가 스위스를 떠나기로 한 날이었고 하는 수 없이 포기하기로 했었다. 하지만 아쉬움을 이기지 못했던 나는 떠나는 날에 어느 정도 시간적 여유가 있는지, 피르스트 곤돌라가 몇 시부터인지, 마운틴 카트는 몇 시부터 운행하는지 조목조목 따져보며 계획을 세우기 시작했다. 마침내 계획이 완성되었다.

먼저 피르스트 정상 클리프 워크First Cliff Walk에서 풍경을 담았다. 친구는 플라이어를 타고 내려오기로 했고, 나는 마운틴 카트만 두 번 타기로 했다. 친구와 함께 간 분의 사진을 찍어주기 위해 플라이어 타는 모습을 지켜보았다. '나도 저걸 한 번 탈 걸 그랬나?' 하는 생각이 잠시 스쳤다. 둘의 모습이 사라질 때쯤 나도 마운틴 카트를 타기 위해 내려갔다. 직원은 사람들을 모아두고 카트 작동법과 유의 사항을 설명했고, 마침내 타기 위한 준비가 끝이 났다. 카트 특성상 내려갈 때의 가속도를 동력으로 이용해야 했는데 초반 구간은 평지가 대부분이라 손으로 끌어내려야 했다.

무언가 잘못됐다는 생각이 들었지만 시키는 대로 했고 이내 잊을 수 없는 순간이 시작되었다. 드디어 내리막을 만난 카트는 무시무시한 속도를 내기 시작했고 내 도파민도 함께 치솟았다. 곁눈질하면 스위스의 풍경이 펼쳐지는데 내가 지금 어디에서 무얼 하고 있는지 현실감이 들지 않을 정도로 환상적이었다. 바로 옆이 낭떠러지였으나 워낙 겁이 없어서 그런지 문제가 되지 않았다. 오히려 방해하는 사물이 아무것도 없었기에 풍경이 더 비현실적으로 다가왔다.

안전상의 이유로 사진을 찍기 위해선 카트를 멈춰야 했는데 혼자 타는 동안은 사진을 찍지 않고 그저, 속도에 집중하기로 했다. 속도가 높아지는 만큼 바람이 더 세게, 더 시원하게 불어왔다. 바로 앞에 있는 듯 가까워 보이는 설산은 재빠른 속도에도 오아시스처럼 적정거리를 유지했다. 카트가 지나는 길은 잔디와 돌바닥이 섞여있어 고르지 않았고 그 때문에 생긴 마찰과 진동을 온전히 느껴야 했다. 카트를 타는 감각은 아주 짜릿하고 강렬했다. 코스는 꽤 길었고, 이때는 스위스에서 가장 즐거운 순간이었다. 나는 그때 생각했다. 플라이어가 아닌 마운틴 카트를 두 번 타기로 한 결정은 탁월했다고 말이다.

두 번째로 탈 때에는 중간중간 멈춰서 서로 사진이나 영상을 담아주었다. 처음에 보고 감탄했던 풍경도 몇 장 담아보았다. 산에서 내려오는 소들을 보고 놀라서 잠시 멈추기도 했다. 먼저 플라이어를 타고 그 후에 마운틴 카트를 탔던 분이 말씀하셨다.

"저도 마운틴 카트를 두 번 탈 걸 그랬어요."

TIP

한국의 루지를 좋아한다면 필수!
오후 시간대에는 사람이 많아 오래 기다려야 하고, 자칫 탈 수 없을지도 모른다. 액티비티가 시작되기 1시간 전에 곤돌라를 운행하므로 먼저 정상에 올라 클리프 워크의 전망을 바라보다가 액티비티를 기다리리는 것을 추천한다.
또한, 마운틴 카트를 제대로 즐기기 위해선 최소 2회를 권장한다.

〈마운틴 카트를 타고 바라본 풍경 1,2〉

즉흥이 만들어 낸 최고의 순간

인생은 과감한 모험이던가 아니면 아무것도 아니다. 헬렌 켈러 Helen Keller

떠나기 전 여행지에 대한 정보를 탐색하며 계속해서 노출된다는 건 어찌 보면 양날의 검일 수 있다. 일단 장점은 그러한 행위를 거치는 동안 정보가 구체화되어 시간적으로, 경제적으로 낭비되는 것들을 막을 수 있다는 것이다. 하지만 구체화 과정에는 치명적인 단점이 있다. 단 한 장의 임팩트 있는 사진, 완벽하게 설정된 계획은 자동으로 기대감을 불러온다. 그러한 기대가 충족된다면 다행이지만 그렇지 않을 경우는 '상상 속 여행'보다 못한 상태가 되기도 한다.

스위스가 그랬다. 스위스를 가보았다던 사람 중 단 한 명도 부정적인 이야기를 하지 않았다. 중학교에 다니던 시절, 과학 선생님은 빛나는 스위스 시계를 자랑하며 끊임없이 스위스를 찬미했다. 그곳은 지상 최고의 낙원이며, 도달하기만 하면 무한한 기쁨을 느낄 수 있을 거라는 감상을 들려주었다.

그렇게 가게 된 스위스는 기대만큼 극적이지 않았다. 물론 광활한 자연 경관에 압도되기도 했고 비현실적인 풍경에 감탄사도 흘렸지만 사진에서 보아온 그 모습 그대로였다. 처음엔 내 앞에 이러한 자연이 존재한다는 것이 신비로웠지만 놀라울 정도로 빠르게 무덤덤해졌다. 좀 더 입체적이고 실재한다는 것 빼고는 크게 놀랄만한 것이 없었다.

다만 취리히는 달랐다. 내가 취리히 시내를 둘러볼 수 있었던 건 순전히 우연이었고 즉흥적인 선택이었다. 보통 스위스를 여행한다고 하면 인터라켄, 체르마트, 그린델발트, 루체른을 주로 여행한다. 거기에 좀 더 길게 머무르는 사람은 수도인 베른까지 가볼 것이다. 하지만 취리히는 적어도 관광도시는 아니었다. 공항과 다른 나라로 갈 수 있는 기차역이 있는 교통의 요충지일 뿐이었다.

야간열차를 타기 위해 취리히 역에 도착했다. 두 시간가량 여유가 있던 시점이라 밖을 나가보기로 했다. 검색을 해보니 취리히에서는 '린덴 호프'를 가장 많이 찾는 듯했다. 린덴 호프는 구시가지 언덕 위에 있는 공원이었는데 다행히도 취리히 역과 도보 10분 내외로 가까웠다.

역을 나서자마자 눈에 들어온 건 스위스에서 가장 흔한 마트인 쿱이었다. 천천히 길을 건넜고 리마트 강을 따라 걸었다. 떠나는 마당에 스위스를 천천히 둘러보니, 묘한 감정이 피어올랐다. 그것이 스위스란 나라에 대한 미련인지, 막 도착한 취리히를 향한 기대감인지는 알 수 없었다. 메인 여행지가 아닌 만큼 강 주위는 한산했다. 린덴 호프가 목적지인 듯 보이는 사람도 나를 제외하고 두어 명 정도가 전부였다. 스위스를 머무르는 동안 대체적으로 좋았던 날씨는 마지막까지 이어졌다. 린덴 호프로 가는 길은 경사가 심한 오르막길이었다. 취리히역에 짐을 맡기고 오길 잘했다고 그 순간 생각했다. 1시간 조금 넘는 시간을 맡아두는 것치고 9프랑으로 아주 비쌌지만 불필요한 고생을 털어버릴 수 있다면 기꺼이 투자해야 했으니까.

린덴 호프에 도착해서 느꼈다. 스위스에서 가장 좋았던 공간이었다고 말이다. 융프라우와 마테호른, 쉴트호른 그리고 피르스트를 다녀와서는 고작 린덴 호프를 최고라 하다니. 허무하게 느껴지기도 했다. 하지만 누군가 나의 말을 듣고 '린덴 호프가 최고구나.'라는 인식과 함께 기대감을 부여한다면 정반대의 상황이 벌어질 것이다. 린덴 호프에서 아까 걸어왔던 리마트 강을 내려다보았다. 강을 둘러싼 건축물들의 색감이 두드러졌다. 탁 트인 공간에서는 그로스뮌스터 대성당*Grossmünster*과 구시가지의 전망까지도 바라볼 수 있었다. 아기자기하고 아름다운 풍경과 더불어 벤치에 앉은 사람들, 키가 큰 나무, 불어오는 바람. 그 모든 게 완벽했다.

린덴 호프를 뒤로하고 나올 때는 다른 길로 내려왔다. 올라갈 때의 길보다 더 인적이 드문 길이었다. 좁은 골목에 아기자기한 건물들이 즐비해 있었다. 건물마다 비스듬하게 스위스 국기가 걸린 모습이 인상적이었는데 묘하게 익숙한 장면이었다. 알고 보니 한국에 있는 에델바이스 스위스 마을의 원본 같은 모습이었던 것이다. 마지막으로 본 취리히의 시계탑이 가평 스위스 마을의 시계탑과 오버랩되었다.

모두가 찬사를 보내는 곳을 방문하는 건 안정적 여행이었다. 아무도 가보지 않은, 상대적으로 발자취가 남지 않는 곳을 방문하는 건 모험적 여행이었다. 감히 즉흥이라 명명할 수도 있는 모험은 좋을 수도 있지만 나쁠 수도 있다는 인식하에 펼쳐지는 일종의 룰렛 게임이었다. 하지만 안정적 여행이 최상이었을 때보다 모험적 여행이 최상의 결론을 도출했을 때의 기쁨이 더 컸다. 이루 말로 표현할 수 없을 정도로.

〈취리히 시계탑의 모습〉

나 홀로 야간열차(1)

여행은 낯선 사람이 되었다가 다시 나로 돌아오는 탄력의 게임 은희경

유럽 여행을 계획하던 당시, 소박한 로망이 하나 있었다. 바로 야간열차를 타보는 것이었다. 6년 전에는 매우 짧은 일정이었고 야간열차를 탈 만한 루트가 없었다. 이제야 버킷리스트를 지울 때가 된 것이었다. 게다가 의도한 것은 아니었지만 혼자 탑승해야 했다. 친구는 스위스의 일정을 마지막으로 하고 한국으로 돌아가야 했고 나는 체코로 넘어가야 했기 때문이었다.

우리는 취리히에서 헤어졌다. 친구는 공항으로, 나는 기차역으로.

곧 야간열차를 탄다는 기대감보다는 현재 혼자 있다는 위기감이 더 컸다. 물론 이 여행은 기획 구상부터 전체적인 경로며 세부적인 사항까지 모두 내가 계획한 것이었다. 하지만 실질적인 리드가 없다고 해도 옆에 누가 있느냐, 없느냐는 정서적 안정감 면에서 어마어마한 차이였다. 지금까지 '망해도 같이 망할 수 있다.'라는 신념 하나가 나를 그토록 무모하게 만들 수 있었는지도 모른다. 내가 결코 심사숙고하는 인간은 아니었지만 예상치 못한 일에 대한 면역이 전무하단 걸 그제야 깨달았다.

혼자 있다고 가방이 털리고, 친구와 있다고 털리지 않을 리는 없었지만 혼

자 남겨진 후부터는 내 소지품을 철저히 감시하며 지켰다. 취리히 시내를 둘러볼 때와 사뭇 다른 상태였다. 나는 경직되어 있었다. 그때의 나는 보나 마나 퀭한 눈으로 전광판만을 바라보고 있었을 것이다. 갑자기 피로해진 이유는 역 안의 많은 사람들 때문도, 짐이 무거워서도 아니었다. 혼자 남겨졌다는 불안감 때문에 불필요하게 많은 주의력을 사용하고 있었기 때문이다.

나는 5분마다 갱신되는 전광판을 뚫어져라 쳐다보며 열차 번호와 플랫폼의 위치를 몇 번씩이나 되뇌고 있었다. 내가 가진 걸 도난당하는 것도 문제였지만 타야 할 열차를 타지 못하는 게 가장 큰 문제였다. 이것도 안정감과 직결되는 사항이었다. 친구와 함께 타지 못한다면 계획의 실패도 괜찮았지만 나 혼자서 감당하기는 어려웠다. 심지어 나는 프라하에서 다른 친구를 만나기로 되어 있어 예정대로 탑승해야만 했다. 오로지 나에게 부여된 임무인 셈이었다.

취리히의 기차역은 넓었다. 블로그를 뒤적여 찾아뒀던 취리히 – 프라하 구간의 야간열차 탑승법은 외울 정도로 정독했다. 그 글을 쓴 사람이 특별히 당황스러워했던 포인트와 간과하면 큰일 나는 '무언가'에 대해선 유심히 확인한 상태였다. 하지만 글로 보는 것과 직접 겪고 있는 일련의 과정은 천지 차이였다. 글은 정보들을 추려 최적의 상황과 루트를 담아내지만 내가 마주하는 모든 군더더기는 생략되어 있거나 한 줄에 축약되어 있다. 실제로 난 블로그에서 봤던 장소를 기억하고 있었지만 어디에 있는지 찾지는 못했다. 나는 엉뚱한 곳에서 Sleeping car[침대가 있는 야간열차]가 적힌 기차만을 기다리고 있었고 출발이 10분 남은 시점에야 내가 와 있는 곳이 아님을 인지했다.

프린트한 승차권 종이를 달랑달랑 들고 다니는 여행객의 모습. 내 안의 여유가 바닥난 것만 빼면 꽤 낭만일지도 모른다. 영어로 적힌 승차권에서 아라비아 숫자는 유난히 눈에 띄기 때문에 열차번호는 일찌감치 외운 상태였다.

"여기가 맞나요?"

마침내 승차권에 적힌 열차번호와 같은 칸을 찾아냈다. 하지만 확신을 가지는 건 위험하므로 바로 앞에 선 역무원에게 물었다. 긍정적인 답을 담은 미소를 보고 천천히 열차에 올라탔다.

나 홀로 야간열차(2)

그렇게 올라탄 야간열차의 공간은 놀라울 만큼 협소했다. 복도는 단 한 사람만이 지나다닐 수 있는 폭이었다. 가장 심각했던 건 방안의 3층 침대였다. 침대 자체의 컨디션은 나쁘지 않았지만 위아래 공간의 폭이 지나치게 좁다는 것이 문제였다. 허리를 펴고 똑바로 앉을 수 없을 정도로 천장과 맞닿아있었다. 앉아 있으려면 거북이처럼 몸을 말고 있어야 할 정도였다. 게다가 철로 위를 달리는 야간열차의 흔들림이 몸에 그대로 전달되었다. 그나마 좋은 기억으로 남은 일이 있었다면 3층에 머무는 외국인이 마주칠 때마다 미소를 지어준 일이었다.

그린델발트에서 사 온 인스턴트커피 하나를 꺼냈다. 이거라도 마시려 포장을 뜯다가 쏟고 말았다. 잠시 새하얀 이불에 선명하게 남은 커피 자국을 가만히 바라봤다.

'과연 이게 내가 생각한 야간열차의 로망이 맞는가?'

화가 나거나 슬프지는 않았다. 이때는 몸 상태가 좋지 않아서 그런지 몰라도 멍하고 몽롱한 상태였다. 조치를 취하기도 귀찮아져서 누워버렸다. 이불에서 커피 향이 솔솔 올라왔다.

방 안에 화장실은 없었지만 간이 세면대가 하나 있었다. 양치를 하려고 물을 틀었으나 수도꼭지를 왼쪽으로 돌려도, 오른쪽으로 돌려도 김이 펄펄 나는 뜨거운 물만 쏟아졌다.

"차가운 물이 나오지 않아요(There's no cold water coming out)."

결국 복도를 지나가던 역무원을 불러 세웠다. 역무원은 이리저리 작동시켜 차가운 물을 틀어주고는 유유히 갈 길을 갔다. 하지만 내가 다시 틀어볼 때는 또다시 펄펄 끓는 물이 흘러나왔다. 방법을 알 수 없고 알기도 피곤해져서 맨 끝에 있는 화장실을 이용했다. 5초마다 버튼을 눌러줘야 하는 번거로움을 참아가며 양치를 마무리했다. 그리곤 그저 잠에 드는 게 현명했다.

지금까지 야간열차의 불편함만을 호소했는데 대체 뭐가 로망이고 낭만이었을까. 야간열차의 낭만은 아침이 밝아오는 시점에 찾아왔다. 심신이 지친 나는 열차의 특성에도 불구하고 뒤척이지 않고 깊은 잠을 이루었다. 그리고 꽤 오랜 시간이 흐른 뒤, 창으로 들어오는 한 줄기 빛에 눈을 떴다. 창밖으로 보이는 풍경이 평화로워 보였다. 단점만이 눈에 띄던 내부도 이른 아침의 빛 덕분에 아늑한 분위기를 형성했다. 분명 달리는 기차 안이었고 기차가 철로에 부딪히는 감각이 느껴지는데 내가 앉아 있는 곳은 침대라는 점이 생경했다. '낭만'이란 그저 환상적인 무언가가 아닌 일상에서 경험하지 못하는 생경함에서 오기도 한다. '낭만'을 그저 긍정적일 거라 기대하는 건 이상적인 바람일 뿐이었다. 나에게 낭만이란 일상에서 벌어질 때 반드시 불편함을 호소할 것들을 하루에 몰아넣어 극한의 상황에서 극적인 기분을 즐기는 것이었다. 또한, 낯설고 불편하고 생경한 것들을 있는 그대로 받아들이는 것이었다. 어차피 낭만을 실현한다는 명목하에 행하는 모든 것들은 기억의 무의식에 강렬하게 남게 되고 부정적 요인은 휘발되며 하나의 추억으로 치환될 테니 말이다.

part 5

체코

누구나 그리워하는 동화의 한 페이지

어쩌면 프라하 성은 조명이 꺼진 후까지가 완성인지도 모른다. 이야기는 반드시 절정을 거쳐 결말을 맺어야 하니까. 그 결말은 단순히 '조명이 꺼진 상태'를 칭하는 것이 아닌 흐름을 지켜본 나의 감상까지 포함한다.

COFFEE

프라하의 낮과 밤

때로는 어떤 순간이 추억이 될 때까지 그 순간의 진정한 가치를 알 수 없을 때가 있다.

닥터 수스Dr. Seuss

프라하에서는 매일 비슷한 경로를 다녔다. 카를교가 숙소와 관광지의 중간 지점에 있어 의도하지 않아도 계속해서 지나다녀야 했다. 카를교는 관광지가 아닌 본래의 용도로도 이용된 셈이었다. 낮이고 밤이고 할 거 없이 지나다니다 남들과는 다른 감상을 남겼다.

첫날 동행들과 함께 처음으로 카를교의 야경을 보았던 순간이었다.

"와, 너무 예쁘다."

내가 너무 예쁘다며 엄청난 찬사를 내뱉는 와중에 내 친구와 나머지 두 분은 멀뚱멀뚱 바라보기만 했다. 그들은 계속해서 걸었는데, 내가 사진을 찍는 순간에만 함께 멈춰주었다. 내가 계속해서 예쁘다는 말을 남발하는 동안 내 친구와 다른 한 분은

"뭐가?"
"뭐가 예뻐요?"

라는 질문을 던졌다. 순수한 궁금증이었다. 상당히 얄미워 보일 수 있는 반응이었지만 사실을 고하자면 그 정도의 감탄사가 나올 정도가 아닌 게 맞았다. 나는 대교를 빗겨 나 있는 돌출된 공간에서 프라하 성이 좀 더 잘 보인다는 걸 알았다. 프라하 성이 오른쪽으로 치우쳐 있기 때문이었다. 그곳에 서서 연신 셔터를 눌러댔고 여전히 그들은 감흥 없는 표정이었다.

카를교Charles Bridge는 전 세계적으로 유명한 관광지이자 야경 명소였다. 야경 명소란 수식어가 붙은 곳이었지만 이 공간은 낮이 훨씬 아름다웠다. 카를교에서 볼 수 있는 프라하 성조차도 자연광 아래에서 가장 아름다웠다. 인공조명을 달았을 때보다 본연의 색채가 강조될 때 그 진가가 드러나는 것이었다. 아기자기한 도시에 단색 조명은 오히려 그 매력을 반감시키기도 했다. 프라하 성과 그 주위의 마을은 다양한 색채를 가지고 있어 생동감이 살아있으며 채도가 높았다. 맑은 날에는 파란 하늘과 알록달록한 마을이 적절하게 조합된 프라하 성의 모습이 펼쳐진다. 그야말로 액자 속 그림 같은 풍경이 말이다. 부다페스트의 국회의사당의 경우 웅장하고 위엄 있는 모습이 금빛 조명과 환상적으로 어울렸지만 프라하의 경우는 상당히 어색하고 언밸런스했다. 그래도 일몰까지는 환상적이었다. 프라하 성이 붉게 물드는 시간, 그 뒤로 저무는 석양은 정말 아름다웠다. 하지만 역시 완연한 밤을 환히 비추기에는 모자랐다. 내가 느끼는 프라하는 낮과 노을이 아름다운 도시였다.

물론 이것은 온전히 시각적인 요소에 국한된 생각이었다. 쉽게 묘사할 수도, 정의할 수도 없는 분위기라는 존재는 빛이 모두 물러나고서야 모습을 드러냈으니 말이다. 프라하 특유의 로맨틱하면서 고혹적인 분위기는 깜깜해져야만 느낄 수 있었다.

〈카를교에서 바라본 프라하 성과 그 주변 1,2〉

천문시계탑의 비밀

여행은 초콜릿 상자와 같다. 무엇을 얻게 될지 절대 알 수 없다.

포레스트 검프Forrest Gump

여느 때처럼 사람들을 만나 저녁을 보내고 있었다.

"구시가지에 있는 천문시계탑, 정각에 쇼 있는 거 아세요?"

때마침 던져진 화두는 우리가 흥미를 느낄만한 것이었다.

"시계탑이요?"

1410년에 설치된 프라하의 천문시계탑은 현재까지 작동하는 천문시계 중, 가장 오래된 것이었다. 다른 한 분은 이미 알고 있는 듯한 눈치였고 우리는 그 쇼에 대한 사실을 처음 알았다. 그분은 우리가 모른다는 것을 확인하자마자 '시계탑 쇼'에 대한 찬사를 아끼지 않았다. 하지만 그것은 순수한 찬사가 아니었다. '이거 못 보고 한국 가면 평생 후회하게 될 거예요.' 혹은 '보자마자 저한테 고마워하게 될 거예요.'와 같은 일명 바람잡이였다. 물론 모두가 장난인 걸 알아채도록 했고 그러한 유쾌한 농담은 분위기를 더 즐겁게 해 주었다. 문득 우리는 알지 못했던 시계탑 쇼라는 것이 궁금해졌다. 그래서 저녁을 먹은 후, 카를교를 지날 때쯤 다 함께 한 번 가보기로 했다.

시계탑 앞에는 노천 펍이 있어 그곳에 착석해서 기다렸다.

"이거 보면 다른 건 다 시시해져요."

시계탑을 앞에 두고도 끊임없는 수식어와 미사여구가 가미된 찬사가 이어졌다. 우리는 맥주를 홀짝이며 어서 정각이 되기를 기다렸다. 10시 59분.

11시.

마침내 11시 정각이 되었고 종소리와 함께 시계탑 중앙의 문이 열렸다가 닫혔다. 그 안에는 작은 인형들이 동그랗게 놓여 있었는데, 일정 시간 동안 인형들은 제 자리에서 도는 것을 반복했다.

"이게 끝이에요?"

친구의 황당한 질문이 흘러나왔다. 맞다. 그게 끝이었다. 우리를 속이는 데 성공한 분은 웃음을 참기 힘든 듯했다. 그리고 한마디를 덧붙였는데

"12시 건 정말 달라요."

시계탑의 시시한 쇼도 당황스러웠지만, 더 이해할 수 없었던 건 일제히 핸드폰을 들고 열심히 영상을 찍던 이들이었다. '대체 뭘 찍는 거야?'란 의문만이 피어올랐다. 어쩌다 보니 정말 자정까지 그곳에 머물게 되었고 우리는 자

정에 하는 시계탑 쇼까지 보게 되었다. 12시가 달랐냐고? 정말로 다르기는 했다. 자정이 되자마자 그때까지 공간을 비추던 모든 조명이 꺼졌으며 중앙의 문조차 열리지 않았다. 그 공간을 메우는 종소리만이 쓸쓸하게 울려 퍼졌다.

〈프라하의 천문시계탑〉

공간이 감정을 만든 건지, 감정이 공간을 만든 건지

사랑하는 것은 천국을 살짝 엿보는 것이다. 카렌 선드Karen Sunde

스위스에서 야간열차를 타고 다음 날 아침, 프라하에 내렸다. 더 이상 나라 간 이동에 극적인 감정이 깃들지는 않았다. 그저 '이곳이 체코구나.'라는 짧은 감상만이 남았을 뿐. 우리는 보통의 하루를 보냈다. 유명한 관광지를 방문하고 배가 고파지면 점심을 먹고 더위를 피해 숙소에 와서 사람들과 교감을 나누고, 그래도 제법 즐거운 시간이 이어졌다. 그렇게 프라하에서의 첫날, 점차 해가 기울던 시점이었다.

"동행 구해서 저녁 먹을까?"

친구는 한사코 거부했지만 내가 이야기를 주도하겠단 말에 마지못해 긍정의 표시를 했다. 우리가 두 명이라 딱 두 명을 더 구하기로 했고, 순식간에 약속을 마쳤다. 그 후 트램을 타고 온 우리가 약속 장소에 가장 먼저 도착했다. 뒤이어 동행 한 분이 들어왔는데, 머리카락과 옷자락이 조금 젖은 상태였다.

"비 맞으셨어요?"
"아, 오는데 갑자기 비가 내리더라고요."

우리가 모인 곳은 프라하에서 한국인에게 가장 유명한 식당인 포크스Pork's였다. 모두가 모였으니 메뉴를 골라야 했다. 체코의 명물인 꼴레뇨Pork knee와 립, 슈니첼을 주문했다. 음식이 나오는 동안 서로 간단한 질문을 건넸다. 알고 보니 동행 중 한 분은 우리와 같은 숙소였다.

"그러고 보니 카메라 들고 찍는 거 본 것 같아요."

"말하기 전엔 모르셨잖아요."

난 웃으며 대답을 건넸다. 그 후 차례대로 음식이 나왔다. 프라하의 전통 음식이자 포크스의 시그니처인 꼴레뇨는 독일의 학센Schweins Haxen과 유사했고 한국의 족발과 비슷했다. 음식에 맥주 한 잔을 곁들여 마셨고 점차 분위기가 무르익었다. 이유를 알 수 없지만 괜히 긴장되면서 입술이 바짝바짝 마르고 몸이 붕 뜨는 느낌이 들었다. 식사를 마치고 자연스럽게 2차를 가기로 했다. 우리는 카를교를 지나 구시가지 광장까지 걸었다. 그리곤 프라하의 시계탑 앞 술집에 자리를 잡았다. 그날의 쌀쌀한 온도와는 달리, 나는 계속 열이 나는 듯했다.

맥주 한 잔을 들고 대화를 나누던 중, 노부부 한 쌍이 우리 앞을 지나쳤다. 프라하를 거니는 백발의 노부부. 그 자체로는 특별한 그림이 아니었다. 인상적이었던 부분은 꼭 맞잡은 손과 할아버지 어깨에 살며시 기댄 할머니가 아니었을까. 우리 모두의 시선이 오래도록 그들에게 머물렀다.

"손을 잡고 계시네요."

"저기서부터 계속 잡고 계시더라고요."

프라하 구시가지, 은은한 야경 속의 그들은 한 편의 영화와도 같았다. 야경이라기엔 어딘가 부족한 이 공간이 그들로 인해 완성되었달까.

"저도 저렇게 살고 싶었는데."

아마 모두가 같은 마음이었으리라.

"너희 영어 가능해?"

정각에 있을 쇼를 기다리는데 한 외국인이 다가와 물었다. 동행 중, 캐나다에서 온 분이 계셔서 그분과 대화하게 되었다. 내용이 궁금했던 건지 다른 한 분이 그 대화를 들으려 몸을 그쪽으로 기울이고 계셨다. 그 모습을 조용히 바라보았는데 싸늘해져 가는 날씨와 달리 내 몸은 계속해서 더위를 호소하고 있었다. 나는 그제야 원인을 알았다. 그건 단지 이 로맨틱한 도시의 마술 같은 것이었을까. 감정이 공간을 만든 것인지 아니면 공간이 감정을 만든 것인지, 그 순간 구시가지의 밤거리가 더없이 아름다워 보였다.

내리는 비에 온몸이 젖는다 해도

알람 시계가 필요하지 않다. 내 열정이 나를 깨운다. 에릭 토마스Eric Thomas

페트린 전망대에서 빗방울을 맞았을 때만 해도 별생각이 없었다. 그저 유난히 날씨가 오락가락하던 프라하의 어설픈 반항인 줄 알았다. 다시 말해, 금세. 그칠 거로 생각했다. 하지만 느긋하게 전망대를 둘러보고 계단을 돌아 내려오는데 하늘이 심상치 않다는 것을 감지했다. 착각이길 바랐던 바람과는 달리 우리가 다시 땅에 발을 디뎠을 시점엔 이미 폭우가 내리고 있었다.

"어떡하지?"

당황한 우리와 달리 그 자리에 있는 거의 모든 사람이 태연해 보였다. 그것도 우산을 가지고 있지 않은 사람들이 말이다. 어차피 우리에게도 달리 방법이 없었다. 이미 언덕을 한참 올라온 터라 우산을 구할 수 있는 방법이 없었으므로 그들과 같이 비를 맞는 낭만을 즐기는 수밖에.

그곳에서 숙소까지는 약 40분 거리였다. 우리는 언덕을 천천히 내려가기 시작했다. 건조한 바닥이 반질반질해졌으며 연회색이던 돌바닥이 진회색으로 변해있었다. 입고 있던 옷 역시 물기를 머금어 색이 진해졌다. 그렇게 20분 정도 걷다 보니 저 멀리에 있는 카를교가 눈에 들어왔다. 평지에 도달했을 때도 예고 없이 내린 비라 그런지, 아니면 전혀 개의치 않는지는 몰라도 우산을 쓴 사람이 3분의 1 정도밖에 되지 않았다. 카메라만이라도 확실히 보호하려 재킷으로 감싸안았고 빠른 걸음으로 걷기 시작했다. 의도치 않았지만 청춘 드라마가 따로 없었다.

좀 지나자 반드시 지나쳐야만 하는 카를교 위에 도착했다. 폭우에도 아랑곳하지 않는 관광객들 사이에서 꽤 분주하게 움직였다. 카를교의 길이는 621m였는데 이런 상황이라 그런지 꽤 길게 느껴졌다. 시종일관 정면만 바라보고 걸었음에도 양쪽 사이드에 넘실대는 강물이 얼핏 보였다. 점차 굵어지는 빗방울에 걸음을 재촉했으나, 사람이 워낙 많아 정체가 심했다. 빠르게 카를교를 벗어나려던 걸 포기하고 잠시 뒤를 돌아보았다. 비로 인해 시야가 좁아졌고, 공기는 축축했지만 다리 위를 활보하는 감각이 선연했다. 카를교가 목적지의 끝은 아니었다. 숙소에 도착하기 위해서 우리는 온 것만큼을 더 걸어야 했다. 하지만 옹기종기 모여있는 가게가 눈에 들어오고 나서도 끝내 우산을 사지 않았다.

유럽의 교환학생

당신이 어떤 위험을 감수하냐를 보면, 당신이 무엇을 가치있게 여기는지 알 수 있다.

지넷 윈터슨 Jeanatte Winterson

프라하에서의 금요일은 내가 가장 기다렸던 날이었다. 드디어 떡볶이를, 그것도 엽기떡볶이를 먹을 수 있었기 때문이었다. 어떻게 체코에서 엽떡을 먹을 수 있었을까.

한국에서 프라하 숙소를 알아볼 때였다. 엽기떡볶이 파티를 한다는 문장을 보고는 다른 곳을 거칠 것도 없다며 고민도 없이 예약했었다. 누가 봐도 성급한 선택이었지만 막상 그 자리에 있는 사람들 가운데 나 같은 사람이 꽤 많았다.

떡볶이는 실제 엽기떡볶이처럼 대야만 한 그릇에 담기었다. 떡의 모양도 빛깔도 비슷했고, 그 위에는 치즈가 듬뿍 뿌려졌다. 그 옆에는 떡볶이와 세트처럼 주먹밥이 놓였다. 술이나 음료는 각자가 준비하면 됐는데 맥주를 마시는 분들이 많이 계셨다. 도미토리를 이용했지만 방이 여러 개였고 각자의 활동 시간이 달라 그때가 되어서야 모두를 만날 수 있었다.

"저는 아일랜드 교환학생이에요."

"저는 독일이요."

대체로 20대 초반인 분들이 많았기 때문에 배낭여행을 떠나왔다고 생각했지만 그들은 모두 교환학생이었다. 실제로 타국에서 생활하며 엽기떡볶이가 그리워진 이들이 많이 찾는 숙소라고 했다. 부럽다는 생각이 잠시 스쳤다. 어린 나이에 머나먼 유럽까지 와서 여러 국가를 여행한다는 건 결국 크나큰 자산으로 남을 터였다. 시험공부를 하지 않고 놀기만 했다고 이야기하신 분도 계셨지만 이렇게 판 크게 노는 것 자체가 귀중한 경험이 될 것이었다. 그걸 위해서, 내가 대학생이었다면 교환학생으로 발탁되기 위해 무슨 짓이라도 했을 테니까.

물론 지금 이 순간을 즐기고 있는 것은 여행자인 나 역시도 마찬가지였지만 귀국해서 돌아갈 자리가 존재한다는 것이, 돌아갈 신분이 명확하다는 것이 특히 부러웠던 것 같다.

그날은 그곳에 있던 분들과 술집에서 하루를 마무리했다. 분위기가 무르익었을 때쯤 한 분이 시험 기간이라며 먼저 들어가 보겠다고 하셨는데, 조금 시간이 지난 후에 다시 돌아오셨다. 아마, 이 자리가 너무나 즐거워 보였으리라.

프라하 성의 조명이 꺼지고서야

확실히 여행은 단순한 관광 이상이다. 여행은 삶에 관한 상념들에 계속해서 일어나는 깊고, 영구적인 변화이다. 미리엄 비어드Miriam Byrd

여행에서 배 타는 걸 좋아하지 않았다. 그렇기에 파리에서 바토무슈bateau-mouche를 타지 않았으며 부다페스트에서도 유람선을 타지 않았다. 원근감이 임의로 조정되는 공간에서 관광명소를 바라보는 것보단 자의적으로 움직이며 감상하는 게 훨씬 아름답다고 느꼈기 때문이다.

숙소에서 엽기떡볶이 파티를 마치곤 모두가 함께 밖으로 나섰다. 어느 정도 걸어온 순간까지도 우리의 목적지가 어딘지 알 수 없었다. 그럼에도 인원이 많아 살짝 들뜬 상태가 지속되었다. 저 멀리 블타바 강이 눈에 들어온 순간에야 우리가 어디에 가는지 알게 되었다.

"오리 배를 타요?"

기껏해야 카를교의 야경을 보고 술 한잔하러 가지 않을까 싶었는데 난데없는 일정에 당황스러웠다. 하지만 저 멀리 빛나고 있는 프라하 성을 보니 좀 더 가까이 가보고 싶기도 했다.

실제로 탑승하게 된 건 오리 배가 아닌 패들 보트였다. 처음엔 별다른 생각이 없었으나 강을 표류하는 감각은 신선했다. 얕은 파도에 꿀렁대던 패들 보트와 물살을 가르던 시원한 소리, 고요해진 저녁의 공기가 선연했다. 길가에 서서 카를교를 바라보는 것과는 달랐다. 좀 더 다각도에서, 좀 더 가까이에서 프라하의 야경을 볼 수 있었다. 방향을 바꿔 나가며 카를교와 프라하 성이라는 특정 스팟이 아닌 우리를 둘러싼 모든 공간을 바라볼 수 있었다.

완전히 맑게 갠 날이 아닌 구름이 가득한 날이었다. 과연 해가 저무는 것이 보일까 싶었지만 구름 사이사이로 붉게 물든 하늘이 시야에 들어왔다. 게다가 구름 덕분에 다양한 색감이 교차되어 있어 단조롭지 않았다. 깨끗하고 선명한 하늘보다 더 다이내믹한 하늘이 펼쳐진 것이었다.

북적이던 저녁 식사 때와는 달리 우리는 아주 간간이 대화를 나눴다. 빛을 발하는 프라하 성 덕에 강물에도 화려한 반영이 생성되었다. 반사된 빛이 조금씩 일렁이고 있었다. 우크라이나 전쟁으로 인해 조명이 꺼지는 시간이 앞당겨졌다. 우리는 불이 꺼지는 시점을 염두에 두곤 그 모습을 오래 담아두려고 노력했다. 황금빛으로 물든 프라하 최고의 명소를 끝까지 눈에 담아뒀다.

마침내 조명이 꺼졌다. 사실상 프라하 성이 핵심이었으므로 불이 꺼진 후에는 바로 나가게 될 줄 알았다. 하지만 묘한 분위기에 사로잡힌 우리는 조금 더 머물기로 했다. 블타바 강 위에는 어느새 우리만이 남아 있었다. 패들 보트가 허용된 공간 안에서 일정한 리듬으로 움직였다. 강에서의 적막이 나의 마음을 달래주었다.

여행은 강제로 사색에 잠기게 한다. 아름답거나 위대하거나 정교한 무언가를 보고 그저 표면적인 감탄에 그치는 게 아닌, 그것을 바라보며 음미하는 행위가 필요하기 때문인지도 모른다. 자극은 짧다. 자극을 잘게 부숴서 퍼져나가게 하는 동기화 과정은 기억을 새기는 행위다. 이러한 순간을 자주 가질수록 오랜 시간이 지나도 쉽게 잊히지 않는 여행이 된다. 우리는 꽤 오래 그러한 행위를 지속했다. 어쩌면 프라하 성은 조명이 꺼진 후까지가 완성인지도 모른다. 이야기는 반드시 절정을 거쳐 결말을 맺어야 하니까. 그 결말은 단순히 '조명이 꺼진 상태'를 칭하는 것이 아닌 흐름을 지켜본 나의 감상까지 포함한다.

한참 후에야 패들 보트에서 벗어났다. 먼저 나갔던 우리의 일행은 올라오는 우리를 반겼다.

〈패들 보트를 타고 바라본 프라하 성〉

내가 전망대를 좋아하는 이유

그 어떤 것에서라도 내적인 도움과 위안을 찾을 수 있다면 그것을 잡아라.

마하트마 간디 Mahatma Gandhi

"오늘은 뭐 하지?"

프라하에서는 촘촘하게 짜인 루트나 확실한 계획이 없었다. 가고 싶은 장소만 추려 적어 둔 상태에서 현지인의 추천을 조합해 즉흥적으로 여행했다. 물론 일정한 패턴도 존재했다.

"전망대 갈까?"

그건 바로 전망대였다. 높은 곳에서 아래를 내려다볼 수 있는 전망대는 평지에 있는 관광지 두어 개를 가는 것과 비슷한 감상을 남길 수 있었다(높은 곳에서 아래를 바라본다는 이점 외에도 오르는 과정을 포함한다). 한마디로 전망대는 효율이 좋은 관광지였다. 4박 5일 머무는 동안 총 4곳의 전망대를 가보았으니 하루에 하나씩 가본 셈이었다. 프라하가 워낙 작고 색감이 통일된 곳이라 전망대가 모두 비슷하리라 생각했으나 각기 다른 메리트가 있었다. 때로는 생각지 못했던 요소로 전혀 다른 분위기를 형성하는 곳도 있었다.

첫날은 올드타운 브릿지 전망대Old Town Bridge Tower였다. 카를교가 끝나는 지점에서 계단을 타고 올라가는 곳이었는데, 끝까지 오르고 나면 카를교 다리 위의 모습과 오른쪽에 치우쳐 있는 프라하 성을 감상할 수 있었다. 물론 아래에서도 카를교가 어떤 모습인지 확인할 수는 있으나 높은 곳에서 바라보면 광각 모드로 세상을 바라볼 수 있었다. 다리 위에 어느 정도의 인파가 몰려있는지도 한눈에 알아볼 수 있었다. 색다른 구도가 형성되어 다른 시각에서 감상하기에도 훌륭한 공간이었다. 카를교 다리 위에서 프라하 성을 바라보면 시선의 높이 차이가 커서 크게 와닿지 않는데 전망대에 올라 프라하 성을 바라보게 되면 시선이 얼추 맞아떨어진다. 덕분에 그 웅장한 자태를 여실히 체감하게 된다. 뒤를 돌아 반대편을 바라보면 프라하의 구시가지 광장까지 보였으니, 사실상 핵심 장소들을 다 볼 수 있는 셈이었다.

사실 이곳에서 주경부터 일몰, 야경까지 감상할 생각이었다. 하지만 해가 저무는 시간보다 전망대가 마감하는 시간이 더 빨라 여름에는 도저히 불가능했다. 이곳에서 꼭 하늘의 변화를 관찰하고 싶었기에 아쉬웠다.

다음 날은 페트린 타워 전망대Petrin Tower였다. 페트린 타워는 프라하에서 가장 높은 건축물로 멀리서부터 그 존재감이 드러났다. 단순한 진리로 가장 높은 만큼 전망도 가장 훌륭했다. 다른 전망대가 언덕 정도에서 마을을 바라보는 것 같다면 페트린 타워는 산 정상에서 한 도시를 조망하는 것과 같았다. 옹기종기 모여있는 붉은 지붕들 뒤로 블타바 강이 보였고 강을 연결하는 카를교까지 발견할 수 있었다. 그보다 더 뒤에는 구시가지 광장의 첨탑이 높게 솟아있었다. 안전상의 문제로 대부분 유리 너머로 조망이 가능했으나 이따금씩 창문이 열려있는 곳이 있었고, 그 공간에만 사람이 점진적으로 늘어갔다. 하지만 최상의 전망을 포기할 수 없던 우리도 그 대열에 합류했다. 창을 통해 불어오는 바람만이 그 공간의 열기를 식혀주었다.

또 다음 날 갔던 전망대는 비셰흐라드Vysehrad Park였다. 다만 갑자기 비가 내려 몇 분채 지나지 않아 바로 떠나게 되었다. 풍경은 좋았지만 너무나 짧게 머물러서 감상이 떠오르지는 않았다.

마지막 날은 마리아 전망대Our lady of Exile였다. 마리아 전망대는 전망 자체도 훌륭했지만 시간대와 날씨의 공이 컸다. 노을이 가장 잘 어울리는 프라하에서 일몰 직후의 시간대라니. 당연히 편파적인 감상과 평가가 남을 것이다. 분명 익숙한 풍경이었고 사흘간 머물며 보았던 붉은 지붕들이었지만 점점 물들어가는 하늘이 감상을 고조시켰다. 한 폭의 그림이라고 해야 할까, 아니면 꿈같은 동화라고 해야 할까. 그날, 그 시간대의 프라하는 낭만이 가득했다. 프라하는 야경으로 유명한 도시였지만 프라하의 진가는 완전히 깜깜해진 때가 아닌 일몰 직후에 드러난다. 프라하의 시그니처인 주홍 지붕들과 노을이 같은 색감을 내는 순간. 블타바 강과 카를교, 그리고 대지가 붉게 물드는 때. 그때가 바로 프라하의 절정이었다.

TIP

낮에는 페트린 타워에서 프라하 시내를 전체적으로 조망하고, 일몰 후에는 마리아 전망대에서 모여있는 붉은 지붕과 하늘의 변화를 관찰하는 걸 추천한다.

〈올드타운 브릿지 타워Old Town Bridge Tower에서 바라본 프라하 전경〉

〈페트린 타워 전망대Petrin Tower에서 바라본 프라하 전경〉

〈마리아 전망대Old Town Bridge Tower에서 바라본 프라하 전경〉

그렇게 난 플랫 화이트에 빠졌지

청춘은 여행이다. 찢어진 주머니에 두 손을 내리꽂은 채 그저 길을 떠나도 좋은 것이다.

체 게바라 Che Guevara

숙소 사장님의 추천 카페를 살펴보던 중, '아인슈타인이 자주 방문했던'이라는 수식어가 눈에 띄었다. 곧바로 구글에 검색해 보니 전통이 있는 카페였고, 유럽 특유의 인테리어가 훌륭했으며 분위기 역시 마음에 들어 그곳에 가기로 했다.

카페 루브르는 1902년에 오픈해 122년째 운영 중이었다. 100년이 넘은 카페인만큼 인테리어부터 옛 유럽의 모습을 간직하고 있어 고풍스러웠다. 모노 핑크와 아이보리가 결합된 색감에 규칙적으로 박힌 굴곡진 문양이 눈길을 끌었다. 공간과 공간이 분리되는 지점에는 아치형으로 된 문이 자리 잡고 있었다. 내부의 조명은 약했지만 창문으로 들어오는 빛 덕분에 환한 공간이었다. 흰 셔츠에 검정 조끼를 입은 웨이트리스들이 바삐 음식을 나르고 있었다. 오픈한 지 얼마 되지 않은 시점인데도 금세 만석이 되었다. 주변을 살펴보니 단순히 커피를 마시는 게 아닌, 아침 식사를 하는 테이블이 많이 보였다.

주문은 메뉴를 보고 종이에 적어 건네주는 형식이었다. 우리는 자허토르테와 카페라테, 플랫 화이트를 주문했다.

플랫 화이트를 들어본 적이 있었고 어떻게 나오는지까지 알고 있었다. 하지만 알고 있었기 때문에 굳이 마셔보지 않았다. 라테와 유사한데, 양은 한 입에 털어 넣을 정도였기 때문이었다. 하지만 플랫 화이트의 양이 적은 이유는 에스프레소의 양이 적은 이유와 동일했다. 샷은 그대로 들어가지만 우유의 양을 줄여, 원두 맛을 더 진하게 만드는 것이었다. 만드는 방법을 미리 알았다면 좀 더 빨리 접할 수 있었을 텐데.

플랫 화이트는 크로아티아의 흐바르섬에서 처음으로 마셔보았다. 두브로브니크로 가는 페리를 타기 직전이었다. 항구와 가까운 곳에서 플랫 화이트가 맛있다는 카페를 발견했다. 왜 한국에 있다면 그저 넘겨버릴 수식어에 꽂혔는지는 모르겠다. 하지만 타국에서 이 정도 모험은 실패해도 그만이었고 성공하면 행복한 것이었으니까.

투명하게 비치는 은쟁반에 커피와 물 한 잔이 담겨 나왔다. 라테는 흔히 마시는 라테와 같았다. 우유의 향과 맛이 진했고 커피 맛은 은은한 정도였다. 반면 플랫 화이트는 확실하게 커피의 존재감이 느껴질 정도로 쌉싸름했다. 평소 라테는 좋아했지만 우유 특유의 텁텁함과 무거움, 포만감 때문에 잘 먹지 못했다. 플랫 화이트에는 고소함과 부드러움을 느낄 정도로만 우유가 들어가 있어 완벽하게 단점을 보완한 커피였다. 이전에 함께한 친구는 커피를 좋아하지 않아서 라테를 더 마음에 들어 했다.

하지만 이번에 함께 여행한 친구는 나처럼 원두의 맛이 확실한 플랫 화이트를 더 좋아했다. 나는 이때부터 플랫 화이트가 있는 곳에선 무조건 그것을 주문했다. 이렇게 취향이 하나 더 늘어버렸다.

〈카페 루브르 Café Louvr 1〉

〈카페 루브르Café Louvr 2〉

part 6

오스트리아

예술인이 동경하는 그곳

꽁꽁 언 몸을 녹이러 들어간 카페에서의 뜨거운 커피나 우리가 머문 숙소의 레이크 뷰, 당일치기로는 알 수 없던 희미하게 여명이 든 순간과 이른 아침의 한적함이 그리웠던 걸지도 모르겠다. 만족감과 행복한 기분은 연쇄적으로 맞물려 형성되기도 하니까.

낭만이 성립되는 조건

여행과 변화를 사랑하는 사람은 생명이 있는 사람이다.

리하르트 바그너 Richard Wagner

체스키 크룸로프에서 오스트리아로 넘어가던 날이었다. 우리는 수도인 빈보다 먼저 잘츠부르크에 갈 예정이었고 환승을 위해 대기하던 시점이었다. 모든 에너지가 소진되었으며 배가 고픈 상태였다. 미리 포장해 온 봉투를 뜯었다. 테이블이 따로 없어 캐리어를 테이블로 이용했다. 캐리어 위에 햄버거와 치킨을 올려두었고 콜라는 손에 쥐고 있었다.

무념 무상하게 그것들을 먹어 치우다가, 순간 우리가 뭘 하고 있는지 혼란스러웠다. 하지만 간신히 되찾은 평화였다. 그날 우리는 하루 종일 하나씩 단계별로 어긋났다. 미리 체스키 크룸로프에서 잘츠부르크로 가는 티켓을 예매해 두었으니, 관광을 마치고 그저 탑승하기만 하면 되는 것이었다. 그러나 우리는 체스키 역을 지나쳐 그다음 역까지 가고야 말았다. 예상보다 훨씬 오래 걸리는 게 이상함을 느꼈고 불길함에 티켓을 확인하고 나서야 깨달았다. 어쩔 수 없이 환승역까지 가서 기다리기로 했다. 예정 시간보다 일찍 출발해서 그런지 시간은 여유로웠다. 카페에서 커피 한잔을 하고 저녁을 먹지 못할 것 같아 햄버거와 치킨을 포장했다. 하지만 열차 타는 곳을 몰라 헤매다가 두 번째 열차조차 아슬아슬하게 탔으니, 참으로 다사다난한 하루였다.

여행이 끝나고 사진첩을 보는데 캐리어 위에 놓인 치킨과 햄버거 사진이 눈에 띄었다. 순간적으로 그날의 기억이 밀려들었다. 무사히 열차에 타고 내린 뒤 또 다른 환승 구간에서 찍은 사진이었다. 낭만이라는 것이 반드시 거창할 필요는 없었다. 모든 게 어긋나고 모두지 하나도 풀리는 게 없을 때, 전혀 그럴만한 상황이 아니더라도 아주 잠시라도 마음이 평온해지는 순간이 있다면, '지금 내가 뭘 하고 있는가?'란 의문이 일더라도 그것이 나쁘게 느껴지지 않을 때 낭만이 형성될 수 있었다.

단순히 시간이 지나 느낀 감정은 아니었다. 나는 그 순간, 인스타그램 스토리에 '이게 낭만이지.'라며 기록을 남겼었다.

할슈타트의 사계

여행에서 지식을 얻고 돌아오고 싶다면 떠날 때 지식을 몸에 지니고 가야 한다.

새뮤얼 존슨Samuel Johnson

사계절의 핵심인 여름과 겨울.

나는 아주 자연스럽게 할슈타트에서 여름과 겨울을 모두 경험해 보았다. 6년 전, 3박 5일 일정으로 동유럽에 갔을 때가 있었다. 그 촉박한 시간을 쪼개어, 무려 1박 2일을 투자했던 할슈타트였다. 정작 작년 두 달 여행에서는 당일치기였는데 말이다. 그때는 좋았던 기억을 간직한 채 단순히 '다시 와야지.'란 마음을 품었다. 또다시 여행을 계획하던 시점에도 할슈타트의 추억을 떠올리며 '아, 다시 가야지.'란 생각뿐이었다. 특정 여행지가 기억에 남아 다시 가겠다는 마음을 품을 때, 대부분은 이전에 방문했을 때와 같은 풍경을 기대한다. 하지만 나는 간과한 점이 있었는데 그것은 바로 계절이었다.

6년 전에 여행한 시기는 11월 말이었다.

그때의 할슈타트는 온몸으로 겨울이라 말하고 있었다. 열차에서 내렸을 때, 화이트와 레드의 결합체인 OBB 열차 뒤로 새하얀 설산이 입체감을 드러내고 있었다. 내리막길을 내려가면 할슈타트 마을에 진입할 수 있는 페리가 한눈에 보였고 인자하고 유쾌한 아저씨가 우리를 반겼다. 뒤로 보이는 호수와 그 너머의 설산이 두툼한 옷을 입고 있는 아저씨와 어우러졌다. 페리 가판대의 난간에는 오스트리아의 국기가 꽂혀있는데 풍경과의 색 대비가 절묘했다. 11월 말의 공기는 시렸다. 한국은 늦가을 정도였지만 이곳은 한국의 1월 정도의 날씨였으니 한기가 느껴질 법도 했다. 할슈타트는 아기자기한 소도시였다. 곳곳에 보이는 설산의 모습은 스위스를 연상시키기도 했다. 옹기종기 모인 집들과 설산이 세트처럼 보였다. 그때는 계절적 감각을 인식하지 않고 있었지만 그 모든 것들은 겨울의 상징이었다.

그리고 다시 가게 된 할슈타트. 6월 중순에 접어들던 시점이었다. 그때와 마찬가지로 페리를 타러 내려가는 길목에서 알 수 없는 이질감을 느꼈다. 내려가는 곳의 폭과 길이, 배치는 같았지만 하얗게 변해있던 산이 본디의 색을 되찾았고 그 아래에는 여름의 생명력을 드러내듯 녹음이 짙게 드러난 모습이었기 때문이었다. 시간이 흘러, 세월이 흘러 달라지고 변한 모습에 놀라고 실망하는 과정은 당연하고도 익숙했다. 하지만 할슈타트는 소도시의 마을인 만큼 인공적으로, 인위적으로 변한 부분은 거의 없었다. 그저 순환하는 자연의 섭리가 모든 것을 달라 보이게 했을 뿐이었다.

설산과 호수의 결합이 녹음과 호수의 결합이 되었고 실내 위주로 운영하던 레스토랑들은 호수 앞에 천막을 둘러 노천 레스토랑으로 변화했다. 가장 두드러지던 차이점은 세상을 볼 수 있는 시간의 폭이었다. 겨울의 밤은 지독히도 길었고 여름은 우리가 떠날 때까지도 해가 기우는 모습을 볼 수 없었다. 겨울엔 더 오래 머물렀음에도 전망대를 가지 못했다면 여름에는 그 모든 일정을 마무리하고도 시간이 남을 정도로 낮이 길었다.

하고 싶은 걸 모두 할 수 있었던 것은 여름이었지만 이상하게도 겨울이 그리웠다. 할슈타트는 호수를 둘러싼 설산의 풍광이 모든 걸 압도했기 때문일까? 꽁꽁 언 몸을 녹이러 들어간 카페에서의 뜨거운 커피나 우리가 머문 숙소의 레이크 뷰, 당일치기로는 알 수 없던 희미하게 여명이 든 순간과 이른 아침의 한적함이 그리웠던 걸지도 모르겠다. 만족감과 행복한 기분은 연쇄적으로 맞물려 형성되기도 하니까.

〈할슈타트 전망대의 풍경〉

〈할슈타트의 골목〉

슈니첼에 관한 고찰

쾌락은 우리를 자기 자신으로부터 떼어 놓지만 여행은 스스로에게 자신을 끌고 가는 고행이다. 알베르 카뮈 Albert Camus

슈니첼Schnitzel은 오스트리아의 대표하는 음식이다.

6년 전, 처음으로 슈니첼을 먹어보았다. 한국의 돈가스와 비슷하다는 얘기를 들었고 사진으로 보기에도 그래 보였기에 별다른 거부감은 없었다. 하지만 그때 나도, 함께 간 친구도 절반 채 못 먹고 다 남겨버렸다. 이유는 즉슨 '너무 느끼했기 때문'이었다. 일반적인 커틀릿이 돼지고기를 쓰는 반면 슈니첼은 송아지 고기를 이용해 만든다. 튀긴 음식에 느끼한 고기를 결합하니 문제였다. 그리고 가장 중요한 건 그 느끼함을 잡아 줄 소스가 없었다는 것이었다.

어떤 음식을 처음 먹었을 때 좋지 않은 평가가 남는다면 일반적으로는 '먹은 곳'을 의심해 봐야 했다. 하지만 그때 먹은 슈니첼은 해당 도시에서 가장 유명한 호텔의 요리였고 그래서 별다른 이견 없이 결론을 내렸다. 슈니첼은 '느끼한 음식'이라고.

공교롭게도 6년 전에 슈니첼을 먹었던 곳도, 작년에 다시 먹은 곳도 할슈타트에서였다. 물론 6년 전에는 헤리티지 호텔에서, 작년엔 노천 레스토랑에서였지만.

우리는 슈니첼과 굴라시를 주문했다. 나는 또 한 번 그 지독한 느끼함을 받아들일 준비를 했다. 하지만 조그맣게 썰어 맛본 슈니첼은 기억 속 그 슈니첼만큼 느끼하지는 않았다. 왜 그랬을까? '기름을 완전히 거른 상태라 그런 건가' 라고 잠시 생각해 보았으나 반 정도 먹으니 역시나 그때와 다를 바가 없었다.

우리가 주문한 또 다른 음식인 굴라시Goulash는 생각했던 음식이 아니었다. 우리가 생각한 건 '한국의 육개장'과 같다던 국물 요리였는데 앞에 놓인 건 돼지갈비찜과 같은 요리였다. 한입 먹어보니 걸쭉한 질감과 양념의 맛이 익숙했고 고기의 부들부들한 식감이 만족스러웠다.

"여기에 찍어 먹어볼까?"

굴라시에 대해 긍정적인 평가를 남긴 우리는 슈니첼을 그 양념에 찍어 먹어보기로 했다. 그렇게 먹어보니 환상적인 궁합이었다. 깨닫고 보니 그 슈니첼은 굉장히 잘 만든 음식이었다. 적당한 두께의 고기에 알맞은 튀김의 바삭함. 그러한 장점은 소스와 함께할 때 비로소 드러났다. 슈니첼에 곁들인 포슬포슬한 감자 역시 이 소스와 결합할 때 더욱 훌륭한 맛을 냈다.

"이렇게 팔지."

물론 슈니첼에도 곁들여 먹는 소스는 존재했다. 바로 라즈베리 잼이었다.

라즈베리 잼은 기본으로 제공되는 것이 아닌 따로 추가해야 할 옵션이었는데 그게 문제는 아니었다. 커틀릿의 일종인 슈니첼에 잼이 어울리지 않는다는 게 문제였을 뿐. 우리는 슈니첼을 굴라시 양념에 찍어 먹으며 생각했다. '이 두 가지를 결합해 메뉴를 만들 수는 없나.'라고.

〈호수가 보이는 할슈타트 레스토랑〉

〈감자를 곁들인 전통 슈니첼〉

빛이 내려앉은 미라벨 정원

여행의 핵심은 자기가 원하는 대로 생각하고 느끼고 행동하는 자유, 그것도 완전한 자유다.

해즐릿Hazlitt

여행에서 얻을 수 있는 가장 큰 수확은 새로운 경험에서 오는 폭발적 영감과 진짜 취향에 대한 인식이다. 장기 여행은 내재한 '진짜 취향'에 대해 많이 알게 되는 시간이었다. 숨이 멎을 듯한 절경의 스위스가 그리 인상적이지 않았다는 것을 보고 생각만큼 자연경관을 좋아하지 않는다는 걸 깨달았고 정적일 것만 같아 좋아하지 않았던 휴양지도 생각만큼 할 일이 없거나 따분하지 않았음을 인지했다.

그리고 전혀 짐작하지 못했지만 나는 정원을 좋아했다. 우연히 가볍게 산책하기 위해 갔던 파리의 튈르리 가든을 필두로 그 이후에도 계속해서 정원이 눈에 들어왔다. 아마 잘츠부르크에서 가장 마음에 들었던 공간도 미라벨 정원*Mirabellgarten*이 아니었을까. 베르사유 정원이나 벨베데레 궁전의 정원보다도 아름다웠던 곳이었다.

잔디는 세심하게 손질되어 깔끔했고 꽃을 심은 구조나 기하학적 형태마저도 어디 모난 데나 군더더기가 없었다. 6월 중순이라는 계절감을 있는 그대로 드러낸 정원은 고개를 돌린 순간마다 다른 색채를 발견할 수 있었다. 계단을 오르면 정원을 내려다볼 수 있는 공간이 있다. 그곳에서는 쉬이 눈을 떼지 못할 풍경이 펼쳐졌다. 그곳에서 좀 더 멀리 바라보면 호엔 잘츠부르크 성까지 눈에 들어왔다. 잔디 뒤편으로 가면 가동 중인 분수대가 있었다. 분수 사이로 미라벨 궁전Mirabell Palace이 살짝씩 모습을 드러내는 것이 인상적이었다. 의도적인 설계였을까, 아니면 우연한 발견이었을까. 정원 곳곳에는 숨은 공간이 많았는데 그곳으로 들어가면 특히 사람이 없고 조용해서 더 오래 머무르고 싶었다. 벤치에 앉아 만발한 꽃들을 오래도록 감상했다.

어느 정도의 시간이 지나 아쉬움을 뒤로한 채 그곳을 벗어나는데 바로 앞에 노천카페가 형성되어 있었다. 새하얀 벽돌 건물과 그 앞에 놓인 테이블에는 사람들이 가득했다. 빼곡한 나무의 틈 사이로 빛이 내려앉은 그곳은 정말로 눈이 부셨다. 영화 〈사운드 오브 뮤직〉의 배경지가 된 미라벨 정원. 영화는 보지 못했지만 이곳은 모든 공간이 영화 속 풍경 같았다. 아, 어디선가 음악이 들려오는 것만 같아.

〈미라벨 정원 1〉

〈미라벨 정원 2〉

호엔 잘츠부르크 성에서 바라본 시내

흠집 없는 조약돌보다는 흠집 있는 다이아몬드가 낫다. 공자

잘츠부르크에서 기억에 남는 명소는 미라벨 정원과 호엔 잘츠부르크 성이었다. 미라벨 정원은 자연 본연의 자태로 빛이 나는 곳이었고 호엔 잘츠부르크 성Hohensalzburg Castl은 이름과는 달리 전망대 역할을 하는 곳이었다. 목적지에 다가갈수록 경사가 가팔라졌다. 꽤 높은 지대에 자리 잡고 있어 푸니쿨라funicular를 타고 올라가야 했다.

큰 기대는 없었다. 그저 가장 유명한 곳이었고 이곳에 오르면 잘츠부르크를 전체적으로 조망할 수 있을 뿐. 기대가 없었던 이유는 잘츠부르크 시내에 눈에 띄는 건축물이나 시선을 사로잡는 색감의 건물이 없었기 때문이었다. 하지만 호엔 잘츠부르크 성에서 바라본 전망은 프라하 많은 전망대에서 본 풍경만큼이나 멋졌다. 체코와 오스트리아는 건축양식부터 색감이 정반대였기 때문에 오히려 더 새롭게 느껴졌다. 채도가 높아 시선을 사로잡는 프라하와는 달리 잘츠부르크의 시내는 색감보다는 건축양식이 도드라졌다. 전체적으로 채도가 낮은 건물이 대부분이었지만 덕분에 약간이라도 채도가 더해진 건물들이 확 튀어 보였다. 또한 전체적으로 바라보면 채도가 낮은데도 불구하고 선명한 입체감만큼은 확실하게 드러났다.

저 멀리에는 푸른 숲이 형성되어 있고 사이사이에 강이 흐르고 있었다. 흐르는 강물이 연둣빛을 띠고 있어 묘한 조화를 이루기도 했다. 어디를 찍어도 단 한 장의 사진에 담길 사진으로는 임팩트가 부족했지만 인간의 눈으로 모든 방면을 바라보게 되면 만족감을 느끼기에 충분했다. 다각도의 방향에서 탁 트인 전망을 바라볼 때는 이유 모를 해방감마저 느껴졌다. 무엇으로부터의 해방이었을까.

최고의 뷰가 보장된 공간은 카페로 운영되고 있었다. 그곳에 잠시 머물며 바로 아래의 풍경을 만끽했다.

"잠시 여기 있을래? 위에 다녀올게."

친구를 카페에 남겨두고 나는 위로 올라갔다. 고작 계단 10개 차이를 두고도 풍경의 깊이는 천지 차이였다. 잘츠부르크의 중심, 호엔 잘츠부르크 성에서도 가장 높은 곳에 올라 모든 걸 내려다보는 건 꽤 벅찬 일이었다. 바로 직전에 다녀온 프라하는 전체적으로 바라봤을 때 특히 매력적인 곳으로 아기자기한 동화 속 같은 도시였다. 반면에 잘츠부르크는 건축물의 특징이 두드러졌으며 특히 높고 예리한 첨탑이 눈에 띄는 도시였다. 이곳이 좀 더 내가 생각하는 유럽의 이미지를 간직하고 있었다.

〈호엔 잘츠부르크 성에서 바라본 시내 풍경 1〉

〈호엔 잘츠부르크 성에서 바라본 시내 풍경 2〉

케른트너 거리를 거닐며

가장 현명한 사람은 자신만의 방향을 따른다. 에우리피데스 Euripides

빈에서는 짧게 머물렀다. 2박 3일이었지만 온전하게 주어진 건 하루뿐이었다. 하루를 알차게 보내는 최고의 방법은 투어였으므로 예약해 두었고 조식을 먹자마자 숙소를 나섰다. 빈의 핵심 궁전인 벨베데레 궁전*Belvedere Museum*과 쇤브룬 궁전*Schönbrunn Palace*, 그 두 곳을 갔다가 빈 시내까지 둘러볼 수 있는 알짜배기 투어였다.

벨베데레의 정원은 사진으로 본 것만큼, 딱 그 정도로 예뻤다. 내부에 입장하고 나서는 클림트의 〈키스〉가 모든 임팩트를 앗아갔다. 가장 유명한 작품이 있다는 건 과연 축복일까. 나도 모르게 다른 작품을 등한시했고 그 많은 작품 중 기억에 남는 게 없었으니 씁쓸했다.

다음은 쇤브룬 궁전이었다. 쇤브룬의 내부 모습을 보고 많이 놀랐다. 내가 관람할 당시까지만 해도 사진 촬영이 불가했기에 사전 정보가 없는 상태에서 방문했기 때문이었다. 빈에서는 벨베데레가 가장 유명했다. 하지만 쇤브룬 궁전은 벨베데레 궁전과 비교도 되지 않을 정도로 화려했다. 웅장하고 고풍스럽기로 유명한 베르사유 궁전에 견줄 수 있을 정도였다. 쇤브룬만으로도 빈이 왜 예술의 도시인지 단박에 알 수 있을 만큼 우아하고 기품 있는 곳이었다.

하지만 이 투어에서 가장 좋았던 건 빈 시내 관람이었다. 처음엔 그저 시간이 남아서 투어의 구색을 맞추기 위해 들어간 코스라 생각했었다. 하지만 빈 시내를 걷는 건 아주 신선했다. 파리 샹젤리제 거리와 같은 위상을 지닌 빈 케른트너 거리[Kaerntnerstrasse]. 거리가 엄청나게 화려하다거나 건물 색감이 쨍하거나 튀지는 않았다. 빈은 아이보리 계열의 건물이 대부분이었고 수수하다면, 수수하다고 할 수 있는 곳이었다. 하지만 그럼에도 눈길을 끌 수밖에 없는 도시였다. 종종 말을 끄는 기수들이 눈에 띄기도 했다. 가이드님은 계속해서 해설을 이어 나가셨지만 나는 빈 시내 모습에 눈길을 빼앗긴 지 오래였다. 좌우를 바삐 살피며 건물들을 유심히 바라봤다. 모든 게 신비로웠지만 잠시 나타난 구찌 건물만큼은 친숙했다. 우리는 호프부르크 왕궁[The Hofburg]을 정면에 두고 하염없이 걸었다. 그리고 마침내 스테판 대성당[St. Stephen's Cathedral]에서 투어가 종료되었다. 다행히도 이 성당이 오스트리아에서 가장 큰 성당이라는 마지막 해설은 놓치지 않았다.

〈호프부르크 왕궁이 보이는 케른트너 거리〉

〈케른트너 거리의 가수〉

이 비가 그치면 무엇이 기다릴지

휴가는 당신의 삶에서 진정으로 중요한 것이 무엇인지 깨닫게 해준다.

엘리자베스 길버트 Elizabeth Gilbert

인생만사 새옹지마.

"하루 종일 비가 오네."

우리는 빈 3대 카페 중 한 곳이라는 자허에 앉아 있었다. 지금 막 김이 모락모락 나는 아인슈페너 두 잔과 자허토르테 *Sacher Torte* 가 나온 참이었다. 케이크는 먹음직스러웠다. 하지만 투명창 너머로 쉼 없이 내리는 비에 카페 내부도 우중충해졌다. 이틀 일정이 전부였는데 비 때문에 뭘 보겠다는 의욕이 사라진 상태였다. 그래도 무언의 결단을 내려야 했다. 내가 날씨를 다스릴 수는 없으니 다른 방법으로 활기를 불어넣을 수밖에 없었다.

"동행 구해서 저녁 먹을까?"

여행지에서 새로운 사람을 만나는 즐거움을 자주 간과한다. 누군가의 여행 궤적과 가치관, 살아온 배경에 대한 대화를 나눌 수 있다는 것. 그것은 관광지를 보는 것만큼이나 신선하고 매력적이었다.

그때까지 오스트리아의 명물인 립을 못 먹은 상태였다. 립이 있는 술집으로 자리를 옮기기로 했다. 립 맛집으로 유명한 레스토랑은 이미 예약이 마감된 상태라 급한 대로 고른 술집이었다. 도착해 보니 사람이 빼곡했다. 그나마 어닝이 쳐진 테라스 테이블이 비어있어 그곳에 착석했다. 조금 후 동행이 도착했고 립과 맥주를 한 잔씩 주문했다. 립은 기대에 미치지 못했고 그다지 기대하지 않던 맥주의 맛은 아주 좋았다. 우리가 앉은 자리는 테라스의 사이드였다. 바로 옆에서 내리는 비의 존재를 느낄 수 있었고 천막에 누적된 비가 무게에 못 이겨 쏟아지는 규칙적인 과정까지도 알아차릴 수 있었다. 우리는 비가 내리는 거리를 바라보며 대화를 나눴다.

비가 오는 날은 처음 만나는(혹은 아직 어색한) 사람과 대화를 나누기에 최적의 날씨다. 끊임없는 대화에 지친 우리가 잠시 말을 멈출 때도 빗소리가 정적을 메워주기 때문이다. 그러다가 금세 친해져서 장난치던 참이었다.

"예쁘다."

친구의 뜬금없는 감탄사에 반사적으로 뒤를 돌아보았으나, 여전히 비가 내리는 거리였다. 심지어 아까보다 더 세차게 내리는 중이었다.

"뭐가?"

미학의 감탄사를 내뱉은 것치곤 전혀 감흥 없는 표정이었기에 더 의아해하며 물었다.

"그냥 예쁘잖아. 거리가."

가만히 생각해 보았다. 과연 우리가 둘러본 정원, 내려다본 풍경만큼의 가치가 있는지를. 다시 돌아본 그 거리는 역시나 아름답지 않았다. 하지만 분위기가 좋았다. 일정한 리듬으로 노면을 두드리는 빗소리와 저마다의 언어로 현재를 보내고 있는 사람들, 바깥과 가장 가까운 좌석에서 간간이 대화를 나누던 우리의 모습이 한데 어우러졌다. 그 즉시 카메라를 들어 담아보려 했지만 사진은 미학적 아름다움을 담는 것이지 내재된 분위기를 읽어 내리는 용도가 아니었다. 갤러리에 남은 사진은 우중충하고 음울한, 비 오는 날의 풍경만을 사실적으로 담아내고 있었다.

슬픔에 제동을 걸어준 당신들에게

여행은 삶의 이야기를 새로 쓰는 것이다. 파울로 코엘료 Paulo Coelho

저녁을 먹고 곧장 숙소로 돌아왔다. 그전에는 알지 못했으나 술을 어느 정도 마신 다음 나는 두 가지 단계를 거친다. (유럽에서의 특수 상황 때문인 줄 알았으나 깨닫고 보니 한국에서도 그랬다.) 마신 직후엔 다른 사람과 다를 바 없이 알코올의 각성효과로 인해 세상이 아름다워 보이고 행복해진다. 다만 지속기간이 매우 짧아 술을 마시고 있는 시점과 술집을 나와 거리를 걷는 그 시간이 전부였다.

그 시간이 지나면 우울감이 나를 덮친다. 원인이 명확하지 않으며, 복합적인 이유가 머릿속을 둥둥 떠다닌다. 일찍 숙소에 들어온 우리는 이대로 그냥 잠자리에 들 수 없다는 일념 하에 캔맥주 하나를 꺼내놓고 이야기를 시작했다.

"야 울어?"

난데없이 떨어진 눈물에 당황한 친구가 물었다. 우울은 정의 내리기도 어렵고 해답이 따로 없는 경우가 많다. 하지만 이때라면 어찌해 볼 수 없는 상황에 대한 아쉬움과 억울함이 아닐까.

"벌써 들어오셨어요?"

그때 마침 방에서 쉬고 있던 숙박객이 거실로 나오며 물었다. 그리곤 우리가 마시고 있는 것과 같은 캔맥주 하나를 꺼내왔다.

"네. 계속 숙소에 계셨어요?"

그렇게 대화가 시작되었고 아무도 없는 듯 보이던 방에서 모두가 하나둘씩 나와서 모였다. 물론 같은 숙소 사람들끼리 술을 마시는 상황은 흔한 일이었지만 약속도 공지도, 제안의 말도 없이 성사되었다. 하루 일과를 마친 부부가 거실로 모여들 듯, 아주 자연스럽게.

나는 상념에서 빠져나와 그들과 시선을 맞추고 이어지는 대화에 집중했다. 잊고 있었다. 이곳은 유럽이었고 나는 여행자였다. 나처럼 여행하는 이들을 만날 수 있었고 그들에게 질문을 던질 수 있었으며 서로가 거쳐온 곳들에 대한 감상을 나눌 수 있었다. 감정에서 벗어나고자 하면 얼마든지 벗어날 수 있었고 나에게 집중된 포커스를 조정할 수 있었다. 그들은 의도하지 않은 일련의 행동으로 내가 막 생성하려던 슬픔에 제동을 걸어주었다.

part 7

헝가리

온통 금빛으로 물드는 황홀함에 취해

한국에서 평범하게 느꼈던 일상은 이곳에선 비일상이었다. 그러니까 현지인이 되어 간다는 건 낯선 자극들을 일상적으로 받아들이고 기존의 일상들이 비일상임을 자연스럽게 깨닫는 순간이 아닐까.

떠나는 사람이 남겨질 사람에게

변화 자체만큼 영속적인 것은 이 세상에 없다.

게오르크 빌헬름 프리드리히 헤겔(Georg Wilhelm Friedrich Hegel)

유럽에서는 마음만 먹으면 같은 시기에 그곳을 여행하는 한국인들을 만날 수 있다. 그리고 여행자와의 대화에는 고정된 패턴이 존재했다. 그중 빈도가 잦은 질문이 있다면,

"얼마나 여행하셨어요?"

였다. 그러니까 유럽이라는 대륙에 와서 이곳에만 짧게 머무는 게 아닐 테니 총 여행 기간이 얼마나 되냐는 질문이었다. 여행 초입에는 이미 많은 국가를 거쳐온 이들을 흥미롭고도 경이로운 시선으로 바라봤었다. 그들은 아주 침착하게 자신의 여행에 대해 이야기했다. 가장 좋았던 나라와 아쉬웠던 나라, 절대 잊지 못할 에피소드를 풀어냈다. 조곤조곤하고 차분하게 이야기하는 그들의 표정은 미묘하고도 복잡했고 동시에 단조로워 보이기도 했다.

"곧 한국 가서 아쉬우시겠어요."

우리와의 만남을 마지막으로 그분은 한국으로 돌아간다고 했다. 아쉬움을

담은 내 말에 잠시 생각에 잠긴 듯 보이던 그분은 예상과는 다른 답을 건넸다.

"음, 이제 슬슬 돌아가도 좋을 거 같아요."

그렇다. 미묘하고 복잡한 상태였지만 그분에게는 떠나는 사람이 으레 남길 만한 아쉬움이라는 감정이 전혀 느껴지지 않았다. 앞으로의 여행이 어떻게 전개될지 묘한 기대감에 차 있던 우리였으니, 생경하게 느껴질 법했다. 다만 가장 두드러지던 감정은 안도감이 아니었을까. 떠나기 전에 했던 미래의 걱정을 무사히 흘려보낸 과거로 치환할 수 있을 테니 말이다.

우리도 여행이 마무리될 때쯤 그 복합적인 감정들을 온전히 느낄 수 있었다. 여행지에 대한 기대감은 충족되다 못해 흘러넘치는 상태였으니 그 이상의 자극이 주어진다 해도 바닥에 그대로 낙하할 뿐이었다.

그로부터 빠르게 시간이 흘러 부다페스트에서의 어느 밤이었다. 여느 때처럼 우리는 다른 사람들을 만나 야경을 봤고 마지막엔 술 한 잔으로 마무리했다. 관광지에서는 서로의 사진을 찍어주거나 풍경을 감상하는데 여념이 없었으니 실질적으로 대화를 하던 공간은 술집이었다. 그제야 들은 이야기지만 한 분은 비행기에서 내려 바로 야경을 보러 왔다고 했다. 약 두 달간의 일정으로 나와 비슷했다. 그때와 같은 상황이었지만 다른 입장에 있게 된 것이었다.

물론 여행의 말미도 충분히 즐거웠다. 당장 돌아가고 싶을 만큼 따분하지는 않았지만 지금쯤 돌아가도 좋겠다는 생각이 들던 정도였다. 분명 앞으로의 여행에 대한 기대감으로 가득 찬 그분은 부러웠다. 단순히 여행을 지속하는 건 그리 어렵지 않을지라도 지속하게 하는 감정을 만들어낼 수는 없으니 말이다. 하지만 그런 감정을 느꼈던 순간으로 회귀하고 싶은 건 아니었다. 이제까지 여행은 충만했고 그걸로 완성된 것이었다.

나는 두 달 전의 그분처럼 내 이야기를 차분하고 세밀하게 풀어낼 테고 이따금씩 그 추억을 상기시킬 것이다. 떠나는 사람은 남겨질 사람에게 진한 여운을 남기는 엔딩인 동시에 예고편 같은 존재였다.

〈어부의 요새에서 바라본 국회의사당〉

〈어부의 요새에서 바라본 국회의사당 2〉

암전된 국회의사당이 건넨 위로

세상의 모든 여행이 내 안에 있다는 것을 알게 되었다. **마르틴 부버** Martin Buber

부다페스트에서 첫날이 무사히 끝났다. 모든 일정이 마무리되고 난 이후의 이야기다. 딱 기분 좋을 정도로 술을 마셨고, 함께 있던 분의 배려 덕에 숙소에 편하게 도착할 수 있었다. 하루 일정이 고됐던 건지 친구는 도착하자마자 잠자리에 들었다.

"나 좀 나갔다가 올게."
"야! 이 시간에 어딜 가?"

친구의 외침을 뒤로하고 잠시 나왔다. 우리 숙소는 국회의사당 바로 앞이었다. 새벽 1시가 넘은 시간이라 국회의사당의 조명은 꺼진 상태였다. 주변이 지나치게 고요해서 음산할 정도였다. 나는 천천히 길을 건너 국회의사당과 나란히 걷기 시작했다. 내가 계속해서 걸음을 재촉해도 국회의사당은 맞은편 그 자리에 변함없이 머물러 있었다. 해가 저물고 조명이 들어온 국회의사당은 화려함과 영롱함의 극치다. 괜히 세계 최고의 야경 도시라는 수식어를 지닌 게 아니었다. 하지만 그 절정의 순간이 지나고 깊은 밤이 되어 조명이 꺼지면 모두가 돌아간다. 더 이상 국회의사당을 보고 있어야 할 이유가 없기 때문이다. 과연 나는 왜 나간 걸까.

술을 마시고 어느 정도 시간이 지난 시점이었기에 오히려 마시기 전보다 더 차분했다. 나는 곧 한국으로 가야 했다. 여행을 와서 더 자주 우울해질 수도 있었다. 나는 그런 유의 인간이었다. 짧은 여행만 했던 그전에는 전혀 느낄 수 없던 감정이었다. 행복을 온전히, 평균값을 유지하며 끌고 갈 수가 없다. 더 절망적인 것은 우울이 특정한 형태를 띠고 있지 않다는 것이었다. 그저 갑자기 차오른다는 '느낌'만이 존재할 뿐.

국회의사당의 조명이 꺼진 상태라 다행이었다. 만약 환하게 빛나는 국회의사당을 마주하고 있는 거라면 이렇게 있는 그대로의 나를 내보이지는 못했을 테니. 나와 대비되는 사물에 오히려 비참함을 느꼈을 수도 있다. 이러한 감정 상태로 조명이 환하게 켜진 국회의사당을 마주한다는 상상을 하면 어쩐지 이질감이 든다.

현지인이 되어가는 과정

낯선 땅이란 없다. 단지, 그 여행자만이 낯설 뿐이다.

로버트 루이스 스티븐스Robert Louis Stevenson

부다페스트를 여행할 즈음은 여행 막바지에 다 달았을 때였다. 극도로 나를 흥분시켰던 여행 초반의 자극은 이미 마모되었고 잔잔함만이 나를 이끌었다. 그러니까 나는 의식적으로 '여행 중'이라는 걸 주지시켜야 하는 상태였다. 그렇지 않으면 한없이 나태해질 수밖에 없으므로. 장기 여행에서 경계해야 될 것은 '아무것도 하고 싶지 않은 상태'였다. 여행이 진행될수록 점차 모든 걸 보고 듣고 느끼고 맛보고 섭렵하는 행위에 대한 욕망이 사그라든다. 그러한 이유로 나의 본능에 대항하여 어떻게든 움직여봐야 했다.

그날은 내 생일이었다. 부다페스트에서 2일 차, 유럽에서의 40일 차. 뒤로 갈수록 촘촘하게 짜인 계획도 없었고 가이드라인도 허물어진 상태였다. 일단 우리는 나가보기로 했고 곧 식당에 도착했다. 우리 테이블 옆, 앞, 뒤 모든 방향에 외국인이 앉아 있었지만 그 광경이 더 이상 낯설게 느껴지지 않았다. 사람만이 문제가 아니었다. 어디를 찍어도 한국이 아니라 단번에 알 수 있을 만큼 이국적인 풍경이었지만 그때의 나에게는 그마저도 이미 익숙해져 있었다. 우리는 되도록 천천히 음식을 음미하려 했다. 그것이 지금의 우리에게 여운을 부여하는 유일한 방법이었으므로.

그리곤 이전 왔을 때 방문한 적이 있던 카페로 갔다. 궁전 같기도 하고 오페라하우스 같기도 한 인테리어가 특색 있는 곳이었다. 고풍스러운 샹들리에가 매달려있었고 카페 내부의 벽은 온통 금으로 치장한 상태였다. 여전히 웅장하고도 멋스러웠지만 이 카페 역시 몇 년 전 그때와는 다르게 느껴졌다. 어쨌든 생일의 구색이라도 갖출 겸 애프터눈 티를 주문했다. 대체로 나쁘지 않은 시간이었지만 그래도 역시 아이스 아메리카노의 유혹을 떨칠 수는 없었다. 이제는 마치 당연한 관례인 듯 익숙하게 스타벅스로 향했다.

"이름이 뭐야?"
"지혜(Jihye)."

이름을 확인하는 과정까지 완벽하게 적응했지만 거기서 끝이 아니었다. 그들이 내 이름을 알아듣지 못하는 것까지가 완성이었다. 그들은 나의 이름을 다채롭게도 변형시켰다. 듣자 하니 혜(hye) 발음이 어렵다고 하는데, 서로 지친 상태에서는 스펠링을 불러주기도 했다. 내가 빨아드린 차가운 커피는 혈관을 타고 빠르게 도는듯했다. 한국에서 지극히도 당연한 이 아이스 아메리카노가 절대적으로 당연한 존재는 아니었다. 한국에서 평범하게 느꼈던 일상은 이곳에선 비일상이었다. 그러니까 현지인이 되어 간다는 건 낯선 자극들을 일상적으로 받아들이고 기존의 일상들이 비일상임을 자연스럽게 깨닫는 순간이 아닐까.

뉴욕 카페에서 보내는 생일

삶의 원동력은 무엇일까? 첫째도 욕망, 둘째도 욕망, 셋째도 욕망이다.

스탠리 쿠니츠Stanley Kunitz

헝가리 부다페스트에서 생일을 맞았다. 사실 생일은 아침에 일어나면서부터가 아닌 자정을 지나면서 시작되는 것이었다. 생일다운 임팩트는 전날에 경험했다. 여행지에서 만난 사람들과 함께 어부의 요새에서 온통 금빛으로 물든 부다페스트 시내와 국회의사당의 야경을 본 경험, 그리고 그 후에 감자튀김과 맥주를 곁들인 순간이었다. 그러다 자정이 되어 그날 처음 본 이들의 축하를 받는 건 생각보다 행복하고 충만한 일이었다. 나는 내가 가장 아름답다고 생각하는 도시에서 생일을 보냈다.

하지만 정작 아침에 일어나서는 단조로웠다. 그래도 생일이 계속되고 있었으니 부다페스트에서 가장 유명한 뉴욕 카페에 가기로 했다. 뉴욕 카페New York Café는 예전에 와본 적이 있던 곳이었는데, 여전히 화려하고 웅장하면서 고풍스러움의 극치를 보여주는 곳이었다. 우리는 애프터눈 티 세트를 주문했다. 커피와 오렌지주스는 금방 나왔다. 하지만 애프터눈 티는 5분, 10분, 30분이 지나도 나오지 않았다.

"언제 나와?"

"몰라. 만드는 게 오래 걸리는 건가?"

우리는 이미 나온 커피만 홀짝이고 있었다. 주위를 한번 둘러보기도 했지만 시간이 많아서 그런지 초조하지는 않았다. 조금 무료해졌을 때쯤 여유롭게 둘러보며 카페 내부 사진을 찍었다. 그러기를 1시간. 그제야 무언가 잘못되었다는 걸 깨달았다. 마침 우리 테이블을 지나가던 직원을 붙잡았다.

"애프터눈 티 세트를 주문했는데 한 시간째 나오지 않고 있어요."

내 말에 매우 당황한 듯하던 직원은 잠시 주방으로 사라졌다. 그리곤 몇 분이 채 지나지 않아 애프터눈 티를 가지고 나왔다. 우린 대체 왜 기다린 것인가. 문득 이 상황이 어이가 없어 한참을 웃었다. 이후에 런던에서 이 일화를 전했을 때 사장님은 딱 한 마디를 던지셨다.

'왜 가만히 있으셨어요?'

그러게. 왜 가만히 있었을까.

우선 이미 식당에서 식사하고 온 상태라 배가 고픈 상태가 아니었다는 점이 인내심을 발휘한 포인트가 아닐까. 그래도 덕분에 꽤 오래 머물렀다. 부다페스트의 전통 있는 카페에서 생일을 보내는 건 꽤 괜찮은 선택이었다.

〈고풍스러운 인테리어의 뉴욕 카페〉

〈뉴욕 카페의 애프터눈 티 세트〉

국회의사당이 보이는 테라스

자신이 될 수 있는 존재가 되길 희망하는 것이 삶의 목적이다.

신시아 오지크 Cynthia Ozick

우리는 국회의사당이 보이는 숙소에 머물렀다. 덕분에 아침에 일어나면 바로 국회의사당을 볼 수 있었고 국회의사당을 눈에 담은 직후에 바로 잠자리에 들 수 있었다. 마지막 밤은 이곳에서 마무리하기로 했다. 국회의사당이 보이는 숙소 테라스에서. 어디에 시선을 두어도 시야에 들어오는 거대한 건축물과 그 건축물의 야경을 기대하는 것치곤 차려진 음식이 아주 소박했다. 한국에서 가져온 라면과 낮에 맥도날드에서 사 온 감자튀김이 전부였으니 말이다. 하얗고 선명한 구름에 점점 핑크빛 기운이 스며들기 시작한 때였다.

"예쁘다."

국회의사당의 조명이 들어오기 전까지 음식을 먹어 치우기로 했다. 해가 완전히 지기 전에 조명이 켜졌고 온전한 빛을 내보이기엔 아직 하늘이 너무나 밝은 상태였다. 춥지도, 덥지도 않은 온도와 적당한 습도는 어떠한 때를 기다리기에 알맞았다. 어느 정도의 시간이 흐른 후 하늘은 매직아워를 거쳐 까맣게 물들어 갔다. 그렇게 부다페스트의 온전한 야경이 드러났다. 국회의사당은 깜깜한 밤이 무색할 정도로 밝고 화려하게 빛났다. 고개를 오른쪽으로 돌리면 국회의사당과 같이 황금빛으로 변한 세체니 다리Széchenyi Chain Bridge와 부다 왕궁Buda Castle의 모습 또한 눈에 들어온다. 테라스 바로 아래에는 가로등이 켜진 거리 앞에 트램이 지나다니고 있었다. 세계 최고의 야경 도시라는 타이틀이 아깝지 않은 곳이었다.

미리 준비해 둔 오렌지주스를 와인 잔에 따랐다. 금빛 조명이 반사되어 얼핏 토카이 와인Tokaj Wine, 헝가리에서 생산되는 와인처럼 보이기도 했다. 실제 술이 들어 있는 것처럼 건배하고 단숨에 털어 넣었다. 그 후 오렌지주스에 취한 건지, 정신을 혼미하게 만들 정도로 아름다운 야경에 취한 건지 모르겠다. 어쨌든 우리는 조금 이상해졌다. 부다페스트에서의 마지막 밤이었다.

〈숙소에서 바라본 국회의사당 정면〉

그때와 같은 감정을 기대했지만

성공한 사람이 아니라 가치 있는 사람이 되기 위해 힘쓰라.

알버트 아인슈타인Albert Elnstein

'어른이 되면 가봐야지.'

2009년 드라마 〈아이리스〉를 보고 염원했다. 언젠가 드라마 속 촬영지인 부다페스트를 꼭 가보겠다고 말이다. 그로부터 11년이 지난 2018년. 어릴 적의 바람은 휘발되지 않았고 나는 그 소망을 충실하게 이행했다. 아마 그 순간은 평생 잊지 못할 것이다. 그간 사진으로만, 좀 더 생생함을 더하자면 영상까지 허용되었던 국회의사당이 바로 내 앞에 있었다. 가늠되지 않던 국회의사당의 위용을 그제야 정확히 판단할 수 있었다. 온몸으로 금빛을 뿜어내는 국회의사당은 전 세계 어디와 견주어도 밀리지 않을 야경이었다. 그때 우리는 그 웅장한 건축물을 조금이라도 오래 감상하기 위해 국회의사당이 보이는 숙소에 머물렀다. 그날은 유럽에서의 마지막 날이기도 했기에 대미를 장식하기에 아주 좋은 조건이었다. 우리는 국회의사당을 배경으로 두고 온갖 퍼포먼스를 펼쳤다. 시상식 드레스를 입고 소감을 얘기하기도 했고, 따지 못한 와인을 소품 삼아서 담아내기도 했다.

"이거 그대로 한국에 옮겨줘."

테라스에 앉아 국회의사당을 오롯이 눈에 담으며 말했다.

"다시 올 수 있을까?"

감상에 젖었던 나와 친구.

결국 5년이 지난 후 그곳을 또 오게 되었다. 부다페스트는 그때처럼 마지막 여행지는 아니지만 그래도 그때와 최대한 비슷한 감정을 느끼기 위해 3분의 2가 지날 시점에 배치했다. 과연 국회의사당은 또 한 번, 그때처럼 나를 감동하게 했을까?

5년 만에 마주한 국회의사당을 대하는 나의 감정 상태는 뭐랄까. 전혀 동요되지 않은 지극히 차분한 상태였다. 여러 가지로 해석할 수 있다. 그때는 밤에 도착했기 때문에 야경을 바로 볼 수 있었다는 점, 40일 넘게 유럽을 여행하고 온 터라 더 이상의 새로움에 자극을 받지 않았을 수도 있다는 점과 더불어 6년 전 여행에서는 만 하루를 채 머물지 못해서 더 극적일 수도 있었다.

그때보다 많은 걸 보았다. 해가 쨍쨍한 정오의 국회의사당, 해가 기울기 시작하며 주홍빛에 반사되는 국회의사당, 핑크빛 노을과 함께하는 국회의사당, 그리고 해가 뜨기 전의 국회의사당까지. 게다가 다각도에서 국회의사당을 바라볼 수 있는 많은 스팟들을 다녔다. 분명 기억하던 모습 그대로였다. 특히 온통 황금빛으로 물든 어부의 요새는 여전히 아름다웠다.

어쩌면 그 많은 이유를 제치고 나란 사람이 변한 걸까? 사물의 본질은 늘 동일할 테니, 내 마음이 변화하는 것뿐일지도. 더 이상 부다페스트의 국회의사당에 설레지 않는 사람이 되었을지도 모른다.

〈부다페스트 국회의사당의 일몰〉

part 8

영국

유럽에서 가장 현대적인 나라에는

'어떻게 살아야 하는 걸까?' 세계 어디에 발을 디디든 이런 종류의 본질적인 고민은 늘 우리를 따라다녔다. 반짝이는 런던의 야경도 우리의 불안을 잠재우지는 못했다.

온전한 빅벤을 마주했을 때

이른 아침은 입에 황금을 물고 있다. 벤자민 프랭클린Benjamin Franklin

우리가 유럽 여행을 고려할 때쯤 빅벤의 공사 소식이 들렸다. 이후 한 번 더 가야겠다고 마음먹었을 때 역시 여전히 공사 중인 상태였으며 끝날 기미가 보이지 않았다. 그러다가 코로나가 터지고 여행이 연기되면서 철망에 갇힌 빅벤은 보지 않을 수 있었다. 다행히도 보수공사가 끝나 2022년부터 다시 종소리를 울리기 시작했고 우리는 그다음 해에 떠났다. 그렇게 우리는 온전한 빅벤을 마주했다.

빅벤Big Ben, 그 자체로는 내가 상상하던 것만큼 웅장하고 한 도시의 랜드마크가 될 만큼 멋스러웠다. 다만 당연하게 다뤄져야 했으나, 예상하지 못했던 건 빅벤 앞의 인파였다. 인터넷에 빅벤을 검색하면 나오는 사진처럼 한가롭게 여러 구도에서 감상하거나 사진을 찍을만한 상황이 아니었다. 절대 한자리에 머물러 있기란 불가능했으며 우리 의지와는 상관없는 방향으로 움직여야 했다. 파리 에펠탑의 경우, 조망할 수 있는 스팟이 여러 곳이라 이 정도로 붐비지는 않았다. 그래서인지 처음 보는 광경에 당황스러울 정도였다.

어느 정도 앞으로 간 후에야 한숨 돌릴 수 있었다. 도로를 달리는 런던의 새빨간 2층 버스와 빅벤의 시계 부분이 한 프레임에 담겼고 그 순간 나도 모르게 카메라를 가져다 댔다. 어찌 보면 빅벤의 전면을 바라보는 것보다 훨씬 더 생동감 있는 그림이었다. 뾰족하게 솟은 첨탑은 충분한 위압감을 주었지만 19세기에 지어진 건물인 만큼 세월의 흔적이 눈에 띄었고 깔끔하지도 않았기에 가까이서 바라본다는 게 큰 매력으로 다가오지 않았다. 멀리서 '어? 빅벤이다.'라며 발견한 순간이 가장 환희가 크기도 했으니, 꼭 가까이서 바라보는 게 가장 좋은 프레임이 아닐 수 있다.

〈런던 빅벤과 2층 버스〉

전망대에서의 선택과 집중

인생은 B(birth, 탄생)와 D(death, 죽음) 사이의 C(choice, 선택)이다.

장 폴 사르트르 Jean Paul Sartre

런던의 야경은 아름다웠다. 대부분의 건축물이 크고 웅장한 런던은 이전에 다녀온 유럽의 다른 나라와는 사뭇 다른 현대 도시였다. 빛이 강하지는 않았지만 건축물이 주는 위압감만은 살아있었다. 물론 이건 평지에서 바라본 야경에 대한 이야기였다.

런던의 대표적인 전망대는 스카이 가든Sky Garden과 더 샤드The Shard, 두 곳이었다. 스카이 가든은 무료 전망대인 데다 주요 건축물인 더 샤드를 조망할 수 있어 인기가 많았고, 더 샤드는 서유럽에서 가장 높은 건물이란 특성이 있었다. 하지만 무료란 점을 제쳐두고라도 에펠탑에 오르면 에펠탑을 볼 수 없듯, 더 샤드에 올라가면 더 샤드를 볼 수 없다는 것이 가장 큰 단점이었다.

그리하여 우리가 선택한 곳은 스카이 가든 전망대였다. 런던에 오기 전엔 큰 기대를 안고 있었지만 막상 스카이 가든 건물의 엘리베이터에 올라탄 순간엔 아무 생각도 들지 않았다. 우리가 런던에 머무는 내내 흐리고 안개 낀 날이 이어졌기 때문이었다.

35층의 실내 공간은 생각보다 훨씬 넓었고 상상보다 더 높았지만 하늘은 예상대로였다. 빛 한줄기 하나 들어오지 않는 실내는 대낮인데도 불구하고 아주 어두웠다. 하늘만이 문제가 아니었다. 조금씩 몸집을 키우기 시작한 안개가 시야를 방해하고 있었다.

미리 제공되는 샴페인 한 잔을 들고 넓은 공간을 의미 없이 돌아다녔다. 이 같은 날은 참으로 애매했다. 미리 해둔 예약은 테이블 예약이 아닌, 전망대 예약이었으므로 한자리에 앉아 있을 수도 없었고, 날씨 때문에 변화를 기대할 수 없는 창 앞에 서있는 시간은 한없이 무료했다. 원래의 계획은 런던 시내의 낮 풍경을 보고 일몰과 야경을 보는 것이었으나 완전히 망해버렸다.

"그래도 타워 브리지는 잘 보이네."

블루 아워the blue hour, 찰나의 시점에 타워 브리지Tower Bridge는 꽤 볼만했다. 그리고 규모만으로도 가장 눈에 띄던 더 샤드는 완전히 깜깜해진 후에도 우뚝 선 형상 덕에 시선을 끌었다. 잠실 롯데타워의 모티브가 되었다는 더 샤드는 롯데타워와 구분할 수 없을 정도로 비슷한 형태였다. 얼핏 보면 잠실이라고 착각할 만했다.

전 세계 어디에서든 전망대를 갈 때 고려해야 할 사항은 '날씨'였다. 흐린 날이라 하더라도 평지의 밤은 빛을 발할 수 있다. 하지만 높디높은 곳에서 아래를 내려다볼 때는 전혀 그렇지 않았다. 물론 우중충한 하늘이 저물어가며 더 이상 음울한 빛을 띠지는 않을 수 있지만 흐린 날의 흔적이 남아 있을 가능성이 농후했다. 가시거리가 짧아 주요 건축물의 뚜렷한 형상이 드러나지 않을 테니 말이다.

선택과 집중이 필요했다. 테이블을 잡아 술과 대화에 집중하며, 간간이 바깥을 내다보는 것과 온전히 전망에 집중할 수 있는 날을 의도적으로 선택하는 것밖에는 없었다. 아니면 우리처럼 그저 자연스럽게 흘려보낼 수도 있다.

TIP

런던 스카이 가든은 무료 전망대였지만 가기를 원한다면 예약해야 한다.
마지막 타임이 가장 경쟁률이 치열하니, 만반의 준비를 거칠 것!

〈런던 더 샤드〉

우리는 같은 불안을 안고 있어

인간의 감정은 누군가를 만날 때와 헤어질 때 가장 순수하며 가장 빛난다.

장 폴 리히터 Jean Paul Richter

런던 술집에서 즐거운 시간을 보낸 후 한 분은 일찍 들어가셨고 다른 한 분은 좀 더 우리와 함께 있기로 했다. 술은 마실 만큼 마셨고 이미 깜깜해진 상태였으니 본격적으로 야경을 보러 나섰다. 우리가 머무르는 동안 런던은 계속 흐린 상태였다. 하지만 날씨가 좋을 때도, 나쁠 때도 밤의 모습은 동등했다. 오히려 새까만 밤하늘에 흐르는 구름은 더 동적이었으며 입체적으로 보이기까지 했다. 우선 런던아이London Eye까지 걷기로 했다. 우리와 함께한 동행은 21살이라고 했고 술기운에 미래가 불안하고 걱정된다는 말을 건넸다. 우린 이미 편해진 상태였고, 마치 늘 친했던 것처럼 대화를 나누었다.

"야, 그래도 넌 21살인데 미래가 불안하지? 우린 27살인데 불안해. 가진 게 없어."

친구가 반은 농담처럼, 반은 자조적으로 중얼거렸다.

누군가의 심연 같은 고민에 어울리는 생각은 아니었지만 나는 꽤 드라마 같다고 느꼈다. 21살의 나이에 런던까지 와서 나를 취하게 하는 술, 나를 감동하게 하는 야경, 그밖에 모든 걸 즐기면서도 마음 한편에 불안을 간직한다는 것이 말이다. 물론, 이건 타자의 시선으로 바라봤기 때문일 것이다. 처음 만난 것치고 꽤 깊은 이야기를 하다 보니 어느새 런던아이에 도착했다. 보랏빛에 가까운 조명이 켜진 채였다.

"야, 이게 더 이쁜 것 같다."

빅벤의 야경을 기대했으나, 시계 부분만 빛나는 게 퀭한 올빼미 같은 모습이었다. 그러니까 빅벤보다 런던아이가 더 예쁘다는 말이었다. 그 부근을 꽤 오래 머물렀는데 이대로 들어가긴 아쉬웠다. 최대한 늦은 시간까지 영업하는 술집을 찾아갔다. 그리곤 계속해서 이야기를 주고받았다. 자신을 예술가라고 소개했던 이 친구처럼, 나 역시도 한국에 가서 무얼 해야 할지 걱정스러운 건 마찬가지였다. '어떻게 살아야 하는 걸까?' 세계 어디에 발을 디디든 이런 종류의 본질적인 고민은 늘 우리를 따라다녔다. 반짝이는 런던의 야경도 우리의 불안을 잠재우지는 못했다.

런던에 대한 오해

여행은 삶을 도피하는 것이 아니라 여행을 통해 삶을 품는 것이다.

섀넌 L. 앨더 Shannon L. Alder

'영국' 하면 떠오르는 이미지가 있다. 색채를 띠지 않는 무채색의 도시, 이른바 회색 도시의 모습이다. 그만큼 맑은 날이 희귀하다는 것이 자명한 셈이었고 우리는 별 기대 없이 런던에 갔다. 숙소에 체크인하고 난 뒤, 사장님과의 대화 전에는 말이다.

"런던은 항상 날씨가 흐리잖아요."
"누가 그래요?"

우리가 도착했을 때, 런던은 그 이미지 그대로의 모습이었다. 그렇기 때문에 사장님의 크게 놀란 듯한 반문에 조금 당황스러웠다. 나는 흔히 생각하는 혹은 미디어가 그려내는 런던의 날씨가 그랬다고 얘기했다.

"아니에요. 런던 날씨 좋은데."

물론 그것이 오해고 거짓이라면 우리에겐 좋은 일이었다. 의외의 진실에 반색하던 우리는 어떤 기대를 품고 첫날을 마무리했다. 그리고 다음날, 숙소를 나서자마자 내가 런던을 상상할 때마다 늘 그려온 하늘을 마주했다. 뭐, 365일 맑은 나라는 없을 테니 어쩌면 그리 놀랄 일은 아니었을지도 모른다. 문제는 다음날도, 그다음 날도 우리가 떠날 때까지 조금도 변화가 없었다는 것이다.

"분명 이건 내가 생각한 런던이 맞는데."

그렇다. 상상 그대로였고, 예측을 빗겨나가지도 않았다. 하지만 우리는 기존의 믿음에 어긋나는 또 다른 진실을 마주했고 그 진실은 런던에 거주하는 사람을 통해 얻은 것이기 때문에 아주 손쉽게 받아들여졌다. 어쩔 수 없이 노을 명소라던 프림로즈 힐Primrose Hill은 저 멀리 날려버렸다. 또 타워 브리지의 위용은 충분히 멋졌으나 노트북 화면의 사진처럼 부드럽고 섬세한 표현은 찾아볼 수 없었다. 그저, 을씨년스럽고 음울한 분위기만이 남아있었다. 떠나는 순간까지도 빛 한줄기조차 맞아보지 못했으니 런던 날씨가 대체로 흐리다는 처음의 인식이 진실일지도 모르겠다.

단지 취향이 달랐을 뿐이야

여행지를 이해하는 첫 조건은 그곳의 냄새를 맡는 것이다.

러디어드 키플링 Rudyard Kipling

"자, 이 두 작품 중에 메디치 가문이 후원한 작품은 무엇일까요?"

런던 내셔널 갤러리 투어 도중 아치형 문을 사이에 두고 양쪽에 걸린 두 그림 앞에서 질문이 날아왔다. 메디치 가문*Medici family*은 르네상스 시대에 이탈리아 피렌체를 지배했던 가문이었다. 그렇기 때문에 이들 가문이 후원한 작품이라면 그 위상에 걸맞을 '무언가'가 있으리란 것을 염두에 둔 질문이었다. 투어에 참가한 이들은 그에 대한 답을 찾으려 두 그림을 번갈아 가며 살펴보았다. 단순히 개인의 취향에 관한 질문이 아닌, 역사적 사실을 묻는 것이었기에 바로 대답이 나오기 쉽지 않았다. 우린 열심히 그 근거를 찾아 헤맸고 마침내 저마다의 답을 흘리기 시작했다.

"왼쪽이요."
"저는 이거(오른쪽)요."

가이드님은 살짝 웃으며 내가 가리킨 방향과는 반대인 오른쪽을 가리켰다.

"이 작품이 메디치 가문이 후원한 작품입니다."

그때부터 거짓말처럼 메디치 가문이 후원했다는 그 그림의 더 작품성이 높아 보였다. 나는 화려한 금테 장식을 선보인 그림을 골랐으나 오히려 그런 가문이라면 절제된, 수수한 방식을 더 선호하지 않았을까란 믿음 때문이었다. 나도 모르게 정답에 편승할 근거를 찾고 있었던 것이다.

하지만 메디치 가문이 그 작품을 고른 이유는 아주 단순했다. '그 그림이 자신들의 취향에 부합했기 때문'이었고 다른 이유는 전혀 없었다. 왼쪽의 작품이 기술적으로, 예술적으로 더 떨어진다는 징표는 아니었던 것이다. 실제로 왼쪽의 작품은 이후 다른 가문의 후원을 받았던 작품이라고 덧붙이셨다. 결국 내가 메디치 가문에 대한 배경지식이 없는 이상, 작품성만으로 그들이 후원한 작품을 알아낼 방법이란 없었다. 그게 바로 예술이었으니까. 물론 예술에도 나름의 정량화 방식이 존재하겠지만 기술적인 능력은 같으면서 표현 방식이 다른 두 작품까지 완벽하게 객관화할 방법은 존재하지 않았다. 그저, 메디치 가문에게도 내 눈에도 좀 더 눈길을 끄는 작품이 나름의 가치를 만들어냈던 것이었다. 나의 경우 그들의 취향과는 달랐을 뿐이다.

〈런던 내셔널 갤러리 작품 1〉

〈런던 내셔널 갤러리 작품 2〉

예술의 쓸모

길을 떠나기 전 여행자는 여행에서 달성할 목적과 동기를 가지고 있어야 한다.

조지 산타야나Geroge Santayana

여행의 목적은 경험이다. 어디서든 아무리 사소한 것이라도 경험이 될 수 있지만 좀 더 폭넓은 경험을 위해, 그러니까 견문을 넓히기 위해 우리는 여행을 떠난다. 여행지는 대체로 내가 살아가는 곳과는 다른 음식, 같은 음식이라 하더라도 다른 조리법을 사용한다. 게다가 전혀 다른 거리 풍경과 새로운 관광지가 있는 곳이기도 하다. 따라서 먹고 마시고 걷고 보는 최소한의 모션만 취해도 색다른 경험을 할 수 있다.

그렇지만 나의 경우 한정된 시간에 최대한 풍부한 경험을 하고 싶다는 욕망이 존재했다. 그러기 위해선 간단하고 직관적인 체험에 더해 스토리가 존재하는 역사와 해석의 여지가 있는 예술의 세계가 필요했다. 그래서 우리는 미술관이나 박물관을 갈 때 꼭 가이드를 대동하거나, 투어를 신청했다. 투어를 하게 되면 군더더기 없는 동선은 물론이고 작품의 시대별 연대기부터 작가의 생애와 작가들과의 관계, 그 모든 것들이 한 편의 스토리텔링으로 전달된다.

런던 내셔널 갤러리 투어 당시, 〈비너스의 단장〉이라는 작품 앞에 섰을 때였다. 비너스가 나체로 누워있는 모습이 묘사된 이 작품에는 이야기가 숨겨져 있었다.

"프랑스혁명 당시 여성의 신체를 이런 식으로 표현했다는 것에 크게 화를 낸 사람이 있어요. 그 사람이 칼을 가지고 몰래 숨어들어 작품을 난도질했었는데요."

훼손된 그 작품은 그 이후 복원을 거치긴 했으나 아직도 가까이 다가서서 사선으로 바라보면 선명한 칼자국을 확인할 수 있었다. 기술이 부족했을까, 아니면 일부러 딱 그 정도까지만 복원한 것일까. 어쩌면 소실의 과정 역시 역사의 한 조각이었으니 보기 불편하지 않을 정도로만, 모르고 보면 눈치채지 못할 정도로만 복원하는 것도 나쁘지 않다고 생각했다.

내셔널 갤러리는 런던에서 가장 유명한 미술관이었으며 예술에 관심을 두지 않는 사람까지도 방문하는 곳이었다. 하지만 특별히 예술에 조예가 깊지 않은 상태에서 혼자 방문한다면 바로 이런 걸 놓치게 되는 것이었다. 몇백 년간 차곡차곡 쌓아온 작품에 얽힌 스토리와 역사를 말이다. 정해진 틀의 해석을 좋아하지 않을 수 있다. 그들이 만들어둔 틀에 갇히는 것처럼 저항감이 들 수도 있다. 하지만 작가와 해석하는 이들의 의견에 무조건적인 수용을 요구하는 것이 아니었다. 그들의 해석에 나의 사견이 비집고 들어갈 틈은 충분했다. 오히려 객관적 사건에 대해 어떻게 평가할지는 오롯이 내 몫으로 남았다.

작품을 그저 보기만 하는 건 쉬웠지만 어떻게 봐야 하는지는 깨닫는 건 쉽지 않았다. 일례로 오랑주리 미술관을 개인적으로 방문했을 때였다. 당연히 동선이 꼬이는 건 어쩔 수 없는 부분이었지만 어떻게 봐야 할지 알지 못해 우왕좌왕하던 모습이 큰 문제였다. 이 경우 감상이 남는다고 해도 기술적 평가가 전부일 정도로 얕았다. 폭넓고 깊은 경험을 위해선 예술적 접근이 필요했다. 천천히 감상해 보자. 그들이 무슨 이야기를 전하고 싶은지를.

〈비너스의 단장〉

한 공간을 다르게 보는 시선

멀리 있는 친구만큼 세상을 넓어 보이게 하는 것은 없다. 그들은 위도와 경도가 된다.

헨리 데이비드 소로Henry David Thoreau

여행지로 유명한 나라나 도시에 방문할 때 그런 생각을 하기도 했다.

직관적으로는 '세상에 여행을 떠나는 사람들이 정말 많구나.'에서 끝나기도 하지만, '이곳의 사람들은 일을 하지 않는 것인가.'로 귀결되기도 한다. 물론 우리에게 음식을 제공하는 요리사, 표를 확인하는 역무원. 그들이 우리에게 서비스를 제공하는 것 자체가 '일'의 영역이었지만 내가 궁금한 건 관광업에 종사하지 않는 이들이 일하는 모습이었다. 이를테면 업무 가방을 들고 출근하는 직장인이라던가, 카페에서 비즈니스 파트너를 대면하는 사업가들 말이다. 유럽에서도 뻔질나게 스타벅스를 드나든 끝에 내가 생각하는 '일하는 부류'를 발견할 수 있었다.

더위에 지쳐 스타벅스에 들어왔을 때였다. 아이스 아메리카노를 두 입에 털어 놓곤 주위를 둘러보았다. 어쩌다 포착하고 관찰하게 된 건지는 모르겠다. 그 사람은 정면만을 바라보고 있었다. 시선이 잠시라도 다른 곳에 머무는 것을 보지 못했으니, 몰입의 강도가 대단했으리라 짐작했다. 결정적으로 그가 주문한 커피는 전혀 줄어들지 않은 채, 시간이 갈수록 잔에 맺힌 물방울만 늘어갔다. 그리고 오랜 시간이 지나서야 그는 손목시계를 확인했다. 당연한 진리였지만 유명한 관광지나 여행지 역시 누군가에겐 오피스였다.

빵을 훔친 장발장

여행이란 우리가 사는 장소를 바꿔 주는 것이 아니라 우리의 생각과 편견을 바꿔 주는 것이다. 아나톨 프랑스Anatole France

예술에 관련된 대부분의 콘텐츠를 선호하지만 뮤지컬만큼은 예외였다. 뮤지컬에서는 대사가 운율을 가진 넘버*number, 뮤지컬에서 사용되는 노래나 음악*로 대체되는데, 그게 몰입을 방해했기 때문이다. 감정을 일상의 언어가 아닌, 노래로 표현한다는 것이 어쩐지 이질감이 들었다. 그래도 런던에 왔으니 뮤지컬 한 편은 보기로 했다.

우리가 선택한 뮤지컬은 〈레미제라블〉이었다. 물론, 이미 극장에서 본 적이 있었지만 앞선 이유로 꾸벅꾸벅 졸았던 기억만이 남았다. 엄청난 기대치가 가미된 것이 아닌 만큼 굳이 앞자리를 사수하려 하지 않았고 적당한 위치로 골랐다. 하지만 막상 뮤지컬의 막이 올라가고 시작되었을 때, 나의 판단을 후회했다. 영화처럼 공간 구조를 자의적으로 바꿀 수도, CG 기술을 삽입할 수도 없었으니 시각적으로는 단조로울 거로 생각했던 내 예상은 빗나갔다. 무대 위 인테리어와 연출은 전혀 조잡한 수준이 아니었다. 섬세하고도 오묘한 조명은 실제의 빛보다 더 찬란하게 빛나고 있었다. 한국에서도 뮤지컬을 본 적이 있긴 했지만 이 정도 스케일은 경험해 보지 못했다.

지금 생각해 보면 딱 두 가지가 아쉬웠다. 〈레미제라블〉의 내용을 모른다는 것과 무대와 거리가 있는 자리였기에 배우들의 얼굴 및 표정을 볼 수 없다는 것. 그것들이 충족되었다면 더 풍부한 감상이 남았을 것이다.

1부가 마무리될 때쯤, 어떤 배우가 줄을 타고 허우적거렸다. 배경은 바다였고 줄은 파도였음이 자명했으니 아마 표현하고자 하는 바는 '죽음'이었을 것이다. '장발장인가?' 하는 의문과 함께 1부가 끝이 났고 친구는 나에게 충격적인 한마디를 남겼다.

"근데 저 사람, 장발장 아니야."

나는 고뇌에 빠졌다. 단 한 장면도 놓치지 않으려 열심히 집중해도 '빵을 훔친 장발장'이라는 단일 키워드만으로 스토리를 따라가는 건 불가능했다. 결국 나는 어떤 배우가 장발장인지도 확실히 모른 채 끝까지 관람해야 했다. 두 가지 중 하나만 충족되었다면, 그러니까 영화를 미리 보고 오는 것과 배우의 표정이 생생하게 보이는 앞자리를 예약하는 것. 둘 중 하나만이라도 적용된 상태였다면 좋았을 텐데 말이다. 귀국 후에야 영화 〈레미제라블〉을 볼 수 있었다. 여전히 아쉬움이 남아있다. 미리 보고 갔더라면, 좀 더 앞에 앉았더라면.

〈레미제라블 뮤지컬을 볼 수 있는 손드하임 극장Sondheim Theatre〉

노팅힐에 가면 애프터눈 티를

가는 곳마다 나보다 한 발 먼저 다녀간 시인이 있음을 발견한다.

지그문트 프로이트 Sigmund Freud

런던은 세계 최고의 위상을 가진 도시 중 한 곳이었고 꼭 보아야 할 건축물들이 많은 곳이었지만 생각보다 기대할 만한 것이 없기도 했다. 맑은 날이 희귀했으므로 자연이 만들어주는 마법을 기대할 수 없었고 대표 음식이랄 게 없어 식도락으로도 적합하지 않았던 곳이었다. 그나마 영국이 시초인 애프터눈 티만이 고대할 대상이 되었다.

1800년경, 당시 귀족들은 아침을 먹은 후 저녁이 되어서야 만찬을 먹었다. 그렇기 때문에 애프터눈 티는 낮 시간의 허기를 달래기 위해 시작되었다. 애프터눈 티만큼은 사전에 만반의 준비를 해둔 상태였다. 플레이팅만 화려한 디저트를 먹고 싶지도 않았고 테이블이 협소하고 사람이 많아 분위기를 해치는 곳에서 시간을 보내고 싶지도 않았다. 그렇게 까다로운 기준을 부합한 곳은 호텔이 아닌 노팅힐에 있는 한 카페였다.

하얗고 아담한 건물 밖에는 두 개의 테이블이 놓여있었다. 실내로 들어갔을 때도 채광이 좋고 환한 공간이라는 점을 가장 먼저 인식했다. 인공조명의 빛도 그렇다고 어두침침한 곳도 원하지 않던 나에게 딱 맞는 공간이었다. 또

한 영국 특유의 고풍스럽고 앤티크한 인테리어가 마음에 들었다. 테이블마다 놓인 붉은 장미 두 송이가 유독 눈길을 끌기도 했다.

하지만 그중에서도 가장 훌륭했던 건 웨이트리스가 아니었을까 싶다. 애프터눈 티가 귀족 문화로 시작된 만큼 우리에게 그에 알맞은 애티튜드를 취했는데, 그 덕분에 애프터눈 티가 나오기 전부터 만족감이 피어올랐다.

곧이어 3단의 애프터눈 티와 홍차가 담긴 티포트가 함께 나왔다. 3단의 애프터눈 티에는 식사를 대체할 수 있는 크로크무슈나 핑거 샌드위치가 1층에 있었고 위로 갈수록 식후에 먹는 디저트로 구성되어 점점 단맛이 강해지는 구성이었다. 아주 콤팩트한 구성이었는데 모두 납품 디저트가 아닌 수제 디저트였다.

전혀 먹거리가 없기로 유명한 영국에선 의외로 스콘이 유명했다. 가장 기대했던 스콘은 2층 접시에 놓여 있었다. 스콘에 딸기잼과 클로티드 크림을 얹어 베어 물었다. 바삭하고 부드러운 식감에 입안 가득 퍼지는 버터의 향이 명성만큼이나 훌륭했다. 스콘 한 개를 단숨에 해치우곤 하나를 더 주문하기로 했다.

“스콘 하나 더 주문할게요.”
“가져다드릴게요.”

처음 인사를 건네던 때, 주문을 받을 때, 애프터눈 티를 테이블에 놓아줄 때. 그리고 지금도 은은한 미소를 지으며 특유의 영국식 영어를 발음했다. 이 웨이트리스를 두고 '친절하다.'란 말은 지나치게 가벼운 표현이었다. 이토록 따스함을 전해주는 사람이 존재하다니. 덕분에 평화로운 오후를 보냈다. 매일 오후 스콘과 티, 대화로 시간을 보냈던 그들처럼 나 역시도 그렇게 살고 싶었다. 런던에서 가장 기억에 남았던 건 그곳, 칸델라 티룸Candella Tea Room이었다.

〈칸델라 티룸의 3단 애프터눈 티 세트〉

〈홍차를 따르는 시간〉

런던에서 가장 아름다운 서점

왜 굳이 의미를 찾으려 하는가? 인생은 욕망이지, 의미가 아니다.

찰리 채플린 Charles Chaplin

런던에서 가장 아름다운 서점이라 불리는, 던트북스 *Daunt Books*. 한국의 별마당 도서관과 비슷한 곳이었다. 하지만 이는 메릴본 *Marylebone* 에만 해당하는 수식어일지도 모르겠다. 우리가 방문한 홀란드 파크 *Holland Park* 의 던트북스는 평범한 서점이었다. 하지만 메릴본보다 훨씬 좁은 공간인데도 던트북스의 명성 때문인지 사람들로 북적였다. 좁은 공간보다 실망스러웠던 건 내가 기대한 던트북스 특유의 인테리어와 공간적 특색이 두드러지지 않는다는 것이었다. 사이드에 책장이 있고, 2층에서 내려다볼 수 있는 구조의 공간 말이다.

사실 아쉬움은 사후에 생성된 감정이었고 이 당시엔 아무 생각이 없었다. 애초부터 던트북스를 방문한 목적은 다름 아닌 에코백이었기 때문이었다. 에코백이 유명하다고 할 때도 반응하지 않다가 우연히 디자인을 본 후에야 사야겠다고 다짐했다. 여러 컬러가 있었지만 가장 인기가 많은 색은 그린이었다. 마침 재고가 있어 바로 구매했다. 친구에게 줄 에코백까지 함께 구매했고, 함께 온 친구는 버건디 색상으로 골랐다. 그리곤 제자리에서 한 번 둘러본 게 다였다. 당시엔 서점 자체에는 전혀 관심이 없었던 것이다. 하지만 여행을 다녀오고 사후적으로 이 공간을 더 갈망하게 되었다. 서점이라는 공간에 좀 더 관심을 가졌다면.

그래도 이 에코백을 가질 수 있어서 다행이라고 생각했다. 이곳에서 구매한 에코백은 한국에서도 항상 메고 다닌다. 가끔 지나다니다 나와 같은 에코백을 멘 사람을 발견할 때는 괜히 반가워졌다.

'저 사람도 런던에 다녀왔구나.'

라는 생각에.

TIP

메릴본 던트북스 1층엔 유럽 국가의 서적들이 있고, 2층에 올라가면 'KOREA'라고 적힌 책장이 있다. 한국의 서적을 발견하고 구경하는 재미도 있으니, 꼭 메릴본으로 가는 걸 추천한다.

Happy Place
Happy Place EMILY HENRY
EMILY HENRY
RICHARD FORD
RICHARD FORD BE MINE
the happy couple
really good, actually
HIGH TIME
Pineapple Street
Lucinda Riley
EVERYTHING'S FINE
THE GUEST

〈던트북스 홀란드 파크점〉

취향에 맞는 홍차를 만나려면

꿈은 영혼의 창이라고 하니, 그 창으로 안을 들여다보면 영혼의 본질을 볼 수 있을 것이다.

헨리 브로멜Henry Bromell

나는 쇼핑을 좋아하지 않았다. 하지만 영국 런던은 우리의 마지막 여행지였으니 최소한 친구들에게 줄 기념품 정도는 사야 했다. 그리하여 쇼핑을 위해 가기로 한 곳은 코벤트 가든Covent Garden이었다. 코벤트 가든은 17세기에 청과물 시장으로 시작되어 지금은 런던의 주요 쇼핑 명소로 레스토랑과 여러 브랜드의 상점이 입점해 있는 곳이었다.

코벤트 가든은 실내 아케이드였기 때문에 비가 오는 날에도 쇼핑할 수 있다는 것이 장점이었다. 돔 형식으로 된 코벤트 가든은 복층 구조로 공간 자체가 화려하고 특색 있어 하나의 관광지로도 유명한 곳이었다. 특히나 1층 가운데에는 화려한 꽃장식과 노란 전구로 이루어진 공간이 있는데, 그곳은 커피를 마시거나 식사를 할 수 있는 야외 레스토랑이었다.

우리의 목적지는 위타드Whittard였다. 위타드는 차 문화가 발달한 영국의 홍차 브랜드였다. 처음엔 그저 찻잎의 향을 확인하고 구매하는 간단한 방식일 줄 알았으나, 대부분의 차가 시음이 가능했다. 사람들은 신중하게 차를 음미하며 미묘하게 다른 홍차의 맛을 구분했다.

“나는 이게 더 깔끔한 것 같아.”
“이 차는 향이 좋네.”

홍차 특유의 깔끔한 맛 덕분에 꽤 많이 마셔도 입이 달아지거나 물리지 않았다. 홍차뿐만 아니라 핫초코도 준비되어 있었는데 인공적인 단맛이 없고 카카오 자체의 담백한 단맛이 났다. 초코를 좋아하는 친구에게 줄 요량으로 하나 집어 들었다. 차를 자주 마신다는 친구는 장미 향이 그윽한 홍차로 골랐다. 처음엔 위타드의 공간이 아주 아담하다고 느꼈지만 알고 보니 지하 공간이 따로 있었고 그곳은 본격적인 시음 센터 같은 모습이었다. 서로 다른 종류의 홍차 세 통이 일렬로 놓여있었고 그 옆에는 바로 맛볼 수 있도록 이미 우려둔 차와 컵이 깔끔하게 준비된 상태였다. 우리는 아주 신중하게 비교해 보았다.

“어떤 게 제일 맛있어?”
“난 이거.”

친구는 두 번째를 가리켰고, 나는 세 번째가 가장 좋았다.

쇼핑을 좋아하지는 않지만 이런 체험형 쇼핑은 꽤 즐거웠다. 차이를 감지하기 힘들 정도로 미묘한 차의 맛에 집중하는 시간이 좋았다. 그저 우려 두기만 한 게 아닌 그 온도를 계속 유지할 수 있도록 만든 배려 역시 마음에 들었다. 어느 홍차는 색이 아주 영롱해서 오래도록 시선을 끌기도 했다. 차를 좋아하지만 내가 어떤 차를 좋아하는지 정확한 취향을 알지 못할 수도 있다. 맛과 향, 색 그리고 온도까지도 만족할 수 있는 홍차를 찾아내기 위해선 그저 이곳에 오기만 하면 됐다. 우리는 예상보다 훨씬 오래 이곳에 머물렀다.

〈코벤트 가든의 전체적인 모습〉

〈코벤트 가든의 위타드〉

혼자 떠나온 사람들

위대한 이들은 목적을 갖고, 그 외의 사람들은 소원을 갖는다.

워싱턴 어빙Washington Irving

언젠가 당신이 혼자 여행을 결심한다면 이 글을 보고 불안감을 조금이라도 잠재울 수 있을 것이다.

떠나기 전 나는 혼자 하는 여행에 두려움은 없었다. 하지만 긴 일정을 요하는 여행은 누군가와 함께 하는 것이 더 좋다고 생각했다. 그러한 견지로 봤을 때 혼자 여행하는 사람들이 조금은 적적하지 않을까 싶었다. 관광지에 대한 감상이나 음식에 대한 평가 그리고 계획을 공유할 수도 없기 때문이다. 다른 관점에서는 존경스럽기도 했다. 그만큼 혼자인 상황이 익숙하고 혼자 무언가를 한다는 것에 저항감을 느끼지 않을뿐더러 혼자로도 충분히 즐거울 수 있다는 것이었으니까.

하지만 지금은 과거와 같은 시대가 아니다. 혼자 떠났다고 여행 내내 혼자일 거라고 단정할 수 없다. 200만 회원을 보유한 어느 카페에선 매일매일 현지 동행을 구하는 글이 올라온다. 날짜, 시간, 동선이 맞는 혹은 맞춘 사람들이 잠깐 함께하는 형태였다. 나는 혼자가 아니었지만 몇 번 사람들을 만나보았다. 짧은 만남이 주는 매력은 상당했다.

인간은 모두 각양각색의 특성을 가졌고 고유성이 존재한다. 서로에 대해 아는 것이 전무한 만큼, 여행자 신분인 만큼, 또 서로에게 그 장소가 새롭다는 점까지 화두에 올릴 수 있는 주제가 무궁무진했다. 만약 내가 일정한 대화 주제를 템플릿으로 만들어 매일 다른 사람에게 똑같이 내뱉는다고 치자. 그것이 낯선 그 사람에겐 신선한 화두가 될 수 있으며 그 사람에게서 전혀 다른 시각의 대답이 돌아올 수도 있었다. 앞서 짧은 만남이라 표현했지만 기회가 된다면 다음을 기약할 수도 있다.

바로 이 지점에서 '혼자였어도 좋지 않았을까?'라는 생각을 들었다. 대화의 목적이 온전히 '정보 전달'이란 목적에만 국한되지 않기 때문에 일종의 수긍할 수 있는 이야기, 공감대가 형성될만한 소재가 필요했다. 혼자 온 사람들에겐 그들만의 고충에 대한 공감대가 존재했다. 더불어 혼자인 사람에게 훨씬 더 다가가기 수월하다는 것이 가장 큰 장점이었다. 아무리 친화력이 좋다 하더라도 이미 유대감이 쌓인 듯 보이는 관계에 흡수된다는 건 쉽지 않은 일이었기 때문이었다. 피상적인 정보를 알고 모르고를 떠나 여행지에서 만난 사람들이 단시간에 화합하기란 쉽지 않았다. 물론 찬찬히 풀어낸다면 불가능한 일은 아니다. 하지만 혼자 온 사람이 천지인 유럽에서 좀 더 쉽게 갈 수 있는 길이 있는데 대체 누가 그런 수고를 들일까.

언젠가 나도 혼자 유럽으로 떠나, 그곳에서 만날 사람들과 자연스럽게 화합해 보고 싶다.

part 9

폴란드

쇼팽의 도시에 가면 그의 음악을

바로 앞에 있는 숙소 덕에 심리적 안정감이 존재했고 바로 내일 한국에 간다는 보장도 있었으니 그날 그 밤은 그저 즐기면 되는 것이었다. 입사가 확정된 취준생처럼. 아니, 그보다 더 방탕하게.

광장에서 들려온 Let It Be

인간은 자신이 필요로 하는 것을 찾아 세계를 여행하고 집에 돌아와 그것을 발견한다.

조지 무어George Augustus Moore

바르샤바 여행은 모든 것이 수월했고 어려울 게 없었다. 모든 관광지가 구시가 광장에 몰려 있기 때문이었다. 바르샤바의 구시가 광장은 광활하게 느껴질 만큼 넓었고 분위기가 활기찬 것이 특징이었다. 광장을 둘러싸고 있는 건축물들의 건축양식과 색감이 조화로웠다. 전체적인 색감과 형태는 각양각색이었으나 꼭대기의 장식은 대부분 민트색이었고 우뚝 솟아있는 형태였다. 특색 있는 건축물 덕분에 광장이 더 풍성해 보였다. 하지만 이것은 조금이라도 하늘이 맑았을 때의 이야기였다. 점심으로 피자를 먹은 후 바깥을 나섰을 때는 온통 회색빛으로 변해있었고 활기찬 분위기가 사그라든 상태였다.

"그만 숙소로 돌아갈까?"

그 지점에서 고개를 들어 올리면 가려고 했으나, 가지 못한 전망대가 눈에 들어온다. 광장을 전체적으로 조망할 수 있는 곳이었다. 하지만 그 전망대와 같은 높이의 하늘은 우중충했고 그 아래의 건축물들도 아까처럼 빛을 발하지 못했다. 결국 우리는 올라가지 않기로 했다.

광장을 따라 계속해서 직진하면 숙소가 나온다. 꽤나 길게 느껴지는 광장을 걷다가 익숙한 멜로디에 잠시 멈춰 섰다. 비틀스의 〈렛잇비(Let it be)〉였다.

"렛잇비다. 렛잇비."

익숙한 음악이 흘러나와 친구의 기분이 좋아진 듯했다. 잠시 카메라를 켜 영상에 담았다. 노래가 아닌, 바이올린 연주였다. 섬세하면서도 격정적인 연주에 현이 진동했다. 바이올린 특유의 아련한 소리가 그 공간에 퍼져나갔다. 바이올린의 배음 덕분에 그 어떤 악기보다 풍부한 소리가 흘러나왔다. 빠르게 움직이는 손과는 상반된 무심하고도 나른한 표정의 대비가 신선했다. 바이올린의 구슬픈 음은 흐린 날씨와 더 잘 어우러졌다.

피렌체에서 처음 깨달았다. 내가 악기를, 그것도 바이올린 연주를 좋아한다는 것을 말이다. 길을 가다가 음악을 듣고 멈추는 순간은 많았다. 악기 연주인 경우가 대부분이었고 바이올린일 때는 무조건 멈춰 섰다. 의식적인 선택이 아니었다. 선율에 이끌린다는 게 그런 것일까.

TIP

바르샤바 구시가지 전망대는 현금 지불만 가능하다.

〈바르샤바 구시가지의 모습〉

〈바르샤바 구시가지의 전망대〉

바르샤바 골목의 어느 펍

한 방향으로 깊이 사랑하면 다른 모든 방향으로의 사랑도 깊어진다.

안네 소피 스웨친Anne Sophie Swetchine

우리는 숙소에서 먹구름이 잔뜩 낀 하늘을 바라보고 있었다.

"이대로 마지막을 보낼 순 없잖아?"

친구가 우연히 내뱉은 말은 외출의 방아쇠였다. 그 말은 우리가 마지막으로 머무른 장소를 바꾸어 버릴 말이었다. 그리하여 바르샤바의 으슥한 골목에 자리잡은 술집이 우리의 마지막 여행지가 되었다. 관광지와는 조금 거리가 있어 그야말로 현지 분위기가 나던 펍이었다. 멀리서 볼 때엔 '정말 이런 곳에 술집이 있는 걸까?'라는 생각이 들 정도였다.

술집 특유의 컬러풀한 조명이 이곳의 자유롭고 개방적인 분위기와 썩 잘 어울렸다. 지하는 클럽과 비슷한 공간이었지만 우리는 지상층에 앉아서 조용히 즐기는 쪽을 선택했다. 그래도 이따금씩 지하에서 왁자지껄한 함성들이 들려왔다. 하지만 오히려 좋았다. 완전한 적막 속에 음악만 흐르는 곳보다는 이런 공간에서 더 안정감을 느꼈다. 갈피를 잡을 수 없을 정도로 소란스럽지도, 내밀한 대화를 방해하지도 않을 정도의 아주 적절한 소음이었다. 이곳에서 우리는 지난 여행에 대한 여운을 주고받았다.

"한국 가서 뭐 할 거야?"

드디어 수면 위로 올라온 실존적 질문이었다. 더 이상 그간의 경험, 자극과 감상에 대한 이야기가 아니라 앞으로 해야 할 일에 대한 물음이었다.

"돈 벌어야지. 지금까지 쓴 거 열심히 메꿔야 해."

분명하고도 서글픈 진실이었다. 하지만 그렇다 해도 미래는 현재가 책임질 수 없는 영역이었다. 이 순간 골몰해 봐야 우리가 이곳에서 함께하는 마지막 순간을 놓쳐버리는 것이다. 나는 현재에 집중하려 주위를 한 번 둘러보았다. 그리곤 손에 닿는 맥주병, 테이블, 포크의 형태에서 느껴지는 감각에 집중했다. 덕분에 인식은 다시 현재로 돌아왔다. 바르샤바의 펍은 여행 중 갔던 어느 술집보다도 편안했다. 바로 앞에 있는 숙소 덕에 심리적 안정감이 존재했고 바로 내일 한국에 간다는 보장도 있었으니 그날 그 밤은 그저 즐기면 되는 것이었다. 입사가 확정된 취준생처럼. 아니, 그보다 더 방탕하게.

우리는 아주 잠시 동안 마법에 걸린다

"어디가 제일 마음에 들었어?"

한국으로 가기 전, 마지막 날 밤에 어울리는 질문이었다. 친구는 의례적인 고민도 없이 바로 답을 건넸다.

"체코, 프라하."

나는 말없이 웃음으로 갈무리했다. 물론 체코는 동화 속 같은 나라였고 프라하는 누군가에게 가장 좋은 여행지가 될 만한 도시였다. 하지만 친구에게 체코가 가장 좋은 이유는 나라 자체의 매력 때문만이 아닐지도 모른다. 나 또한 가장 좋아하는 도시가 두브로브니크나 파리일지라도 내적으로 가장 들떴던 건 첫 도시인 피렌체에 있을 때였다. 명화 속에 들어와 시간 여행을 하는 듯한 비현실적인 기분과 묘하게 설레는 감정들까지. 흔한 장미 한 송이를 보고도 미학적인 무언가를 발견한 것처럼 호들갑을 떨었다. 내가 그곳에 실재한다는 것조차 믿기 힘들 정도였다. 우리에겐 객관적으로 이미 아름답고 훌륭한 장소를 더 환상적인 공간으로 보이도록 할 능력이 있었다. 단점이라면 그러한 마법이 오래 지속되지 않는다는 것이랄까. 우리는 아주 잠시 동안 마법에 걸린다.

돌아오는 비행기에서 남긴 감상

늘 모토는 '일상을 여행처럼'이었다. 당연히 실제 여행 도중엔 나서서 노력하지 않아도 자연스럽게 모토가 실현된다. 다만 이것은 감흥이 떨어지기도 전에 아쉬움을 토로하며 끝나버리는 단기 여행에 국한된 이야기였다. 여행 중반을 넘어오고, 난 처음으로 당도한 피렌체에서 느낀 감정을 더 이상 느낄 수 없다는 것이 절망적이었다. 물론 당시의 감각은 지금도 선연하지만 이후까지 지속될 수는 없었다. 정점과 마무리 법칙에 의하면 시작보다 끝이 강렬해야 마땅했지만 그마저도 누적되는 시간에 의해 마모되었다. 마지막으로 방문한 바르샤바 왕궁의 모습은 내가 감탄을 내지르며 셔터를 누르기에 부족하지 않은 위용이었지만 지리적 요건으로 주변의 나라와 서로 영향을 주고받은 국가답게 내가 지나온 전형적인 유럽의 모습이었다. 미술관에 갈 때는 항상 가이드와 함께였는데 미술관 투어의 묘미는 역설적이게도 망각이었다. 난 망각을 거치기도 전에 엇비슷한 이야기를 계속해서 욱여넣어야 했기 때문에 큰 흥미를 유발할 요소를 발견한다거나 새로움을 기대할 수 없었다. 그중 가장 놀라웠던 건 6년 만에 가게 된 부다페스트에서 그때와 같은 감정을 느낄 수 없다는 것이었다. 현실감이 느껴지지 않는 황금빛의 국회의사당을 보며 느꼈던 황홀함이 존재하지 않았다. 사진으로 볼 때보다는 크고 웅장하다는 객관적 사실만 남아 있을 뿐. 그 이상의 형언할 수 없는 감정은 떠오르지 않았다.

장기 여행에 스페인을 빠트린 게 아쉬웠지만 지금과 같은 상태에서 스페인을 가봤자 이곳이 스페인이라며 나에게 끊임없이 상기시키고 동요하지 않은 흥미를 의무적으로 이끌어내야 할 것이 뻔했다. 지금 나에게는 술이 주는 쾌락이, 관광이 주는 경이로움을 넘어섰고 여행지에 대한 환상보다 친구가 먹었다는 자극 음식이 더 와닿는 상태였다. 그러니까 지금이 바로 여행을 끝낼 타이밍이었다.